幻想偵探社

ゲンソウタンテイシャ

堀川麻子

目次

幻想偵探社

第一章　歡迎光臨黃昏偵探社

1

「海彥，玩社團沒關係，但是你也差不多到了該決定將來的時候了。認真打棒球可以讓老師為你在推甄資料上加分，也算好事，不過只能打到國二喔。」

海彥在夏季大賽中得到亞軍的那天，父親對他說了這番話。

中井海彥是白妙東國中棒球隊的主將，他從來沒想過打棒球還需要考慮那些評價或動機。

（難道，）

每一天在陽光下，追逐白色的圓球弄得滿身灰撲撲的……

（都是為了推甄嗎？）

海彥感到腦中一片混亂。

不對，這麼溫和的形容不足以表達他的心情。

海彥莫名地一肚子火。

這股怒氣是針對父親？還是無法反駁父親的自己？

第二天開始，海彥投出的球都有問題，不是控球失準，就是速度變慢。

未來的人生、推甄資料、社團只能玩到二年級……

（這些事情跟棒球一點關係都沒有！）

要是能當面向父親抗議就好了。

不過，這種事情在中井家不會發生。就算父親的指示再怎麼荒誕無稽，其他人也只是默默遵從，不曾有怨言，這是海彥家的規矩。正因為如此，中井家是不會出現問題的模範家庭。

（可惡！要是沒那種老爸就好了。）

海彥這麼想，居然這麼想了。

那時他正在學校的球場上練習投球，下一秒，海彥馬上為自己惡劣的態度而戰慄。

（我這樣簡直壞透了。不對，逼迫別人的是老爸，又不是我的問題！）

原本準備要投球的海彥突然抱著頭蹲下來，隊友和指導老師都訝異地跑上前關心。

海彥蹲在投手丘上，「我真是壞透了！」和「是老爸不對，為何要逼我？」的想法不斷在他心中拉扯。

「海彥，你沒事吧？」

「我沒事，我沒事，唉，我在搞什麼啊？真丟臉。」

明明很有事，臉上卻擠出笑容，但這已經是他偽裝的極限。

從此之後，海彥光是手中握著球、穿上釘鞋甚至是光想到棒球，就會陷入負面思考的漩渦之中，簡直就像負面思考版的模擬練習，那痛苦比滿壘無人出局又無法將打者三振的情況還要痛上一百倍。

最後海彥只好宣布暫停棒球練習。

「我要暫時停練。」

「你要停練一陣子？」

指導老師雖是一臉驚訝，卻還是從海彥的表情感受到他的苦惱，因此鬆開抱胸的大手，以畫圓的方式撫摸海彥的五分平頭。

「我不知道你怎麼了，不過等你休息夠了再回來吧。」

指導老師接受海彥的停練申請。

但是隊友和學校的女生卻不放過海彥，女生的反應尤其激烈。畢竟海彥是校內數一數二的帥哥，女孩們總是悄悄地以充滿愛意的眼神監視著他的一舉一動。

「聽說中井同學不打棒球了，要轉去籃球社。」

「聽說有星探看上中井同學，要他主演電影，所以沒空參加社團練習。」

「聽說大聯盟找上中井同學，所以他在做其他特訓。」

這些都是愛作夢的少女編織出來的純真謊言。

沒有男生不喜歡女生興奮地討論自己，然而荒謬不經的謠言卻像雪球一樣愈滾愈大，令海彥本人既害怕又有點生氣。

海彥無法當面抗拒父親，也沒辦法推翻學校女生的傳言，因為他非常害羞，光是要他面對女生，開口之前就已經滿臉通紅。

為了逃離女孩們口中的「中井海彥傳說」，以及隊友熱烈呼喚，海彥一放學就趕緊回家。

接下來又換成導師和家人毫無根據地亂擔心。

「海彥說不定很快就會變成繭居族了，他似乎是想從周身的世界逃避。」

我沒有要逃避！

海彥在心中吶喊，並從那天開始，決定回家之前要稍微繞一下遠路，結果這個決定反而成為他被捲入真正奇怪傳說的第一步。

*

一走出學校後門就是斜斜穿越住宅區的小路，路的兩邊是如同魚骨頭般延伸的小巷子。這一天，海彥走過綠燈的路口，跟平常一樣挺直背脊，大步走過右側的路肩。

事。）

（真不想回家，回去老媽總是對我過度關心，老爸也不斷碎念著成績的事。）

海彥每次走到小路轉角，沒有特別想去的地方也依舊會轉進巷子裡，只是這一帶若是走錯，就會進到死巷，在進入死巷的轉角處，水泥磚牆上均掛著「此路不通」的牌子。

理髮店的轉角，此路不通；鋼琴教室的轉角，此路不通；舊公寓的轉角，此路不通。一直到手工藝材料行的轉角，才終於不再出現「此路不通」牌子。

海彥不經意地往下看，發現在賣小碎布的花車下方，有個照得到紅色夕陽的小死角，地上掉了一本眼熟的手冊。

手冊上套了胭脂紅的塑膠套，封底是身分證明，那是白妙東國中的學生手冊。海彥以撿起滑石粉（投手用的止滑劑）的動作撿起那本學生手冊，看到封底的瞬間便全身僵硬。

楠本由香里。

手冊上寫著同班同學的名字，貼著表情如同男兒節人偶般緊繃的少女大頭照。光是看到那張大頭照，海彥的臉就紅得跟熟透的番茄一樣。

「咦？」

一位看來像是買完東西要回家的主婦發現了全身僵硬、無法動彈的海彥，是名推著娃娃車的年輕美麗人妻。

（糟了！）

原本就已經夠緊張的海彥，體溫和心跳速度又更加向上攀升。

親切的人妻正要過來詢問海彥「怎麼了嗎？」，結果他逃也似地走進不是「此路不通」的小巷。直到美女主婦的娃娃車輪聲漸行漸遠，海顏的意識才終於回到手中的學生手冊。

（原來是她的學生手冊。）

其他男生的夢中情人是電視上的偶像或是漫畫裡的女主角，而海彥的夢中情人則是同班同學楠本由香里，而且是從進國中以來就一直喜歡她。

（哇！真的是楠本同學。）

海彥看到楠本由香里的身影出現在小巷的盡頭，不禁加快腳步。他雖然不擅長和女生講話，然而好個性卻勝過害羞。

「妳的學生手冊是不是掉了？」

（就是因為掉了才會被我撿到啊！）

「喂，妳學生手冊掉了。」

（喂什麼喂啊，也太沒禮貌了！）

正當海彥在腦海中模擬如何對楠本由香里開口時，當事人已消失無蹤。

（啊——怎麼辦？）

海彥雖然一時慌張，打棒球鍛鍊出來的動態視力還是看見了對方長及背部的頭髮被風吹起的瞬間。楠本由香里的身影消失在老舊的住商混合大樓中。

海彥馬上衝刺跟上，然而到了大樓門口，卻沒看到要找的人。

位於大廳深處的電梯指示燈顯示電梯停在大樓頂層的六樓，海彥看了看電梯旁邊的各樓層門牌。

（6F　黃昏偵探社？）

磨到快要看不見的哥德字體看起來應該是「黃昏偵探社」。

楠本由香里究竟為什麼會來到這種怪裡怪氣的地方呢？一心想追上的海彥，原本想摁電梯按鈕的那隻手還是停了下來。跟在沒有好好說過話的女生背後，進到陌生的大樓，簡直是鬼迷心竅。

「是男人就不要拖拖拉拉的！」

就在此時，大樓門口的方向突然傳來粗啞的聲音。

對方突然出聲，害海彥嚇得跳了起來。他轉頭確認來者何人，不自覺的動作快到像在投手丘上牽制打者。

由於海彥的動作實在過於迅速，大喊的人也嚇得跳了起來。

「你誰啊？」

「我才要問你是誰。」

兩人身高相當，銳利的眼神打量彼此。

映入海彥眼簾的是只在電視上看過的不良青年：往上捲的劉海和側邊抹得整整齊齊的頭髮，閃閃發光的西裝搭配漆皮鞋，全身上下就是標準的小混混打扮。

海彥覺得對方哪裡怪怪的。

這名男子明顯異於常人。正當海彥觀察他，想要找出究竟哪裡不一樣時，男子又吼了一聲：「小鬼看屁啊！」

「對不起。」

海彥雖然不想道歉，卻又覺得和不認識的成年人吵架對自己不利。

兩人一來一往之時，沒人摁下按鈕的電梯門自動打開了。

「喂，快上。」

「你才應該趕快進去。」

兩人一起搭上電梯，海彥摁下六樓的按鈕。

進電梯之後，海彥一直盯著上升的數字，發現男子並沒有摁其他樓層的按鈕，所以他的目的地和自己一樣嗎？

（難道這個人是偵探？還是偵探正在搜尋的壞人的手下？等會兒一進偵探社就會打起來……）

海彥想起所有在電視上看到關於偵探的知識，胡思亂想。他也感覺到對方正盯著自己的平頭和鍛鍊過的身體，上下打量著。

「不好意思。」

電梯到三樓時，進來了一位看起來像是行政人員的女性，然而到五樓又出了電梯。

電梯從五樓到六樓時，海彥突然一陣嚴重耳鳴，彷彿快速通過隧道。電梯門上方的樓層數字從5變成6時，電梯停了下來，門開得格外慢。

「喂，到了。」

一起到六樓的男子一臉凶惡地瞪著海彥。

「你不是到這層樓嗎？」

「你不會先出去？」

兩個人一走出電梯，突然覺得有點冷。

（咦，為什麼？）

才剛進入九月，梯廳應該更加悶熱才是。看看大樓老舊的結構，走廊應該沒有空調。

「喂，不要停下腳步！」

一起來到六樓的男子雖然態度傲慢，卻有點害怕畏縮，一直催促海彥。

「我不一定要走在前面，您先請。」

「是男人就不要囉嗦！」

遭到對方的威嚇，海彥只好心不甘情不願地繼續前進。

電梯旁邊是茶水間和廁所，正前方是短短的走廊。走廊的左右兩側分別有兩間辦公室，共四扇門。

靠電梯的兩間辦公室看起來都沒人，門上的玻璃並未透出光線和聲音。

「喂，不要拖拖拉拉！」

一起來到六樓的不良青年又再催促海彥。

海彥左顧右盼，望向後方的辦公室，左邊的辦公室果然也是毫無動靜又昏暗，於是往右邊的門走近……

物品遭到破壞的尖銳聲音和直衝腦門的女子的哀號聲從門後方傳來：

「NO! HELP ME!」

為什麼是英文？

嚇到心臟差點停一拍的海彥和跟在背後的男子一起撞開辦公室的門。

「？」

「NO! HELP ME!」

煽動的音樂響起，放在後方客用沙發附近的電視正在播放令人緊張的畫面——衣著破爛的殭屍動作僵硬地前進，正要攻擊美麗的女主角。

「電影？」

狹窄的辦公室裡有一名中年歐吉桑，轉過頭來看呆呆站在原地的海彥與不良青年。

「唉呀，歡迎光臨呀。」

歐吉桑不知為何說話很娘娘腔。

長相沒有什麼明顯特徵的歐吉桑留著一頭小捲頭，顯得他瘦巴巴的身體更加瘦弱，看起就像漫畫人物——喜歡拉麵的小池先生一樣。歐吉桑瞇起一隻眼睛，從眼鏡上緣看看海彥，又看看海彥背後的男子。

「哼，要找我的人是你吧？」

小捲頭歐吉桑對著不良青年開口，明顯操著女性用語，接著將視線轉移到海彥身上，一臉壞心的表情。

「喂，你來這裡幹嘛？這裡可不是你這種小鬼能夠隨便來的地方！回去！噓噓噓噓噓！」

就算是流浪狗，也不會遭到如此過分的對待吧？海彥連發脾氣的空也沒有，趕緊拿出撿到的學生手冊為自己辯解：「呃，我來送撿到的東西。」

站在門口的海彥又看了一次客用沙發的方向，發現在看殭屍電影的人正是楠本由香里。

2

中井海彥在學校雖然大受女生歡迎，但是沒幾個人發現他其實非常容易緊張。

「呃……」

楠本由香里有點殘酷地欣賞著海彥在自己面前苦惱的模樣。

由香里每次想起海彥時，心裡也會小鹿亂撞，就跟大多數白妙東國中的女孩一樣，由香里也很崇拜海彥。然而跟其他女生不一樣的是她發現了海彥容易緊張的個性。儘管如此，她心中的小鹿不僅沒有停下腳步，反而撞得更厲害了。

不過，由香里有點狡猾，像隻老狐狸化成的女孩，有點小聰明，因此就算是喜歡的人站在面前，還是可以裝出若無其事的笑容。見到海彥緊張的模樣，她沒有問他「你怎麼了」，反而有節奏地歪頭，讓自己看起來很可愛也是她算計下的結果。

海彥的臉蛋一陣發燙，就連耳垂都紅得跟番茄一樣。滿臉通紅的他遞出胭脂紅的學生手冊。

「你把這個掉在轉角的那間手工藝材料行了。」

「啊。」

由香里推測起自己糊塗的行為：喜歡做手工藝的母親要她幫忙買毛線，她到了店門口才發現自己忘記帶錢包，於是從學生手冊裡拿出備用的五千圓鈔票，學生手冊應該是那個時候掉的。

「謝謝。」

由香里張開常常被說像是男兒節人偶般緊閉的嘴巴，露出笑容，用眼神示意旁邊的沙發。

「坐吧？」

「謝，謝。」

海彥坐在沙發的邊上，顯現出他最客氣的態度。

「哇！好可怕！」

由香里一望向電視，又趕緊抱起身旁的抱枕。

無法接收數位電視波的古老真空映像管電視是靠著比那台電視更加古老的錄放影機，播放著殭屍電影。

「跟你說，看這種恐怖電影，一定要準備抱枕喔。」

「咦，為什麼？」

「當心中的恐懼指數破表時，就可以用力抓住抱枕或是把臉埋進抱枕，很好用啊。」

「喔。」

由香里的母親使出渾身解數，在抱枕套上繡出一整片花海；抱枕傳來薰衣草的香味，讓人以為是刺繡的花海散發香氣。

「不過你在這裡……」

由香里心想海彥會繼續問「做什麼」，於是摁下暫停，因為要說明自己在這裡做什麼，會非常花時間。

「恐怖電影是我的心靈三溫暖，好好嚇一嚇自己，忘掉瑣事能讓我身心舒暢。」

「原來如此，就跟慢跑的效果一樣吧。」

海彥自言自語之後，露出一點也無法認同的表情環視四周。這裡是黃昏偵探社，狹長的辦公室約莫四坪大，一進門的右手邊是偵探的桌子，左手邊是合成皮革的客用沙發。

所謂偵探的桌子也只是張老舊的不鏽鋼桌，上頭放著一看就知道用途的竊聽器、針孔攝影機，同時也散亂著小孩子會喜歡的零食。桌子旁邊是一張破爛的旋轉椅，再過去則是製作精巧的街道全景模型。然而就算沒有這些東西，偵探社也還是非常狹窄。

「至於為什麼我會在這裡呢？」

原本占據客用沙發正在看殭屍電影的由香里緩緩地轉向海彥。

「我奶奶認識偵探社的人，而我家又意外地嚴格，不准我在家裡看恐怖電影。」

「所以你就躲來這裡看嗎？」

可是為什麼要特別用VHS錄影帶看呢？

而且話說回來，這裡真的是偵探社嗎？

由香里光看海彥的臉，就知道一堆問題在他心裡糾結著。

用VHS錄影帶看恐怖電影是因為原本在這棟大樓的錄影帶出租店跟不

上時代而倒閉，用來抵押債務的錄放影機不知為何流落到黃昏偵探社的置物架上……由香里當然明白海彥並不想知道這些事情。

（接下來青木先生要怎麼處理海彥同學呢？）

由香里轉動眼珠，望向偵探社的負責人——小捲頭歐吉桑。

「那位歐吉桑我都叫他青木先生，他是我祖母認識的神祕人士，經營這間偵探社，做些特別的偵查工作。」

「神祕人士，特別的偵查工作？」

「他好像還有其他神祕的工作。」

「對不起，我聽不太懂你在說什麼。」

青木先生瞄了一下兩個國中生，轉身請來訪的不良青年坐上那把破爛的椅子。

「請坐，反正你接下來會講很久吧？」

「對啊。」

不良青年坐上青木先生拉過來時嘎嘎作響的椅子，卻一點聲音也沒有。

「我叫大島。」不良青年對著青木先生報上名字。「我大概死了，所以要請你幫我找屍體。」

「咦？」海彥的自言自語比自己想像得還大聲。

由香里和青木先生彼此互瞄了一下，露出笑容。

「這裡是有點奇怪的偵探社，所以會出現有點奇怪的委託人。」

「有點奇怪是什麼意思？」海彥稍微探出身子，小聲地詢問由香里。

他剛剛還紅通通的臉蛋，現在已經變得死白。會這麼害怕也是正常的，畢竟剛剛一起走進偵探社的人居然說自己已經死了。

但是名叫大島的人沒有發瘋，也不是在開玩笑，來到黃昏偵探社的委託人，多半都跟他有一樣的煩惱。

「那個人剛才說自己是幽靈呢。」

由香里望向青木先生和大島。

「這裡是幽靈專用的偵探社。」

「怎麼可能！」

幽靈會想知道自己死後的事，比方說還在陽間的家人是否真的為自己難過，或是受到意外波及而橫死的人，想知道事情的真相。每一位幽靈都懷抱各自的煩惱，來到黃昏偵探社。

「你的出生年月日呢？」

青木先生用鉛筆尾端搔了搔自己的小捲頭。

男子可能是看到青木先生在搔頭，所以也粗暴地抓了抓幾乎可以拿來擋太陽的劉海，但是不管他怎麼抓，髮型絲毫不會變亂。

「我不記得了。」

「那你還記得哪些事情？」

青木先生不耐煩地說著的同時，泡了自己要喝的咖啡。

「嗯，我姓大島，不過名字不記得了，所以就叫我阿島吧。」

阿島豎起大拇指，指向自己胸口的正中央。他的大拇指前端陷入胸口，但是手指跟身體就像重疊的立體影像，並未相撞。

「啊啊啊啊啊！」

由香里無視於發出哀號的海彥，站起身來。要安慰看到幽靈而大吃一驚的人是件非常辛苦的事情，由香里雖然還只是國中生，也知道這時候不如丟著不管，等他自然接受了比較省事。

「你要喝咖啡嗎？你也是吧？」

一聽到由香里開口，不良青年阿島一臉開心地表示「我要喝我要喝」。另一方面，海彥則是一副快要哭出來的樣子。看得見阿島表示他應該不是完全看不到幽靈的體質，只是在此之前沒發現自己已經在很多地方和幽靈擦身而過了。

「請用。」

由香里端出加了滿滿砂糖與奶精的咖啡，阿島滿懷感激地喝下，一副很好喝的樣子，海彥卻抖著杯子，不知道在說什麼。

「影、影子。」

「死中二，什麼影子啦？」

「沒影子，你、你沒有影子！」

海彥終於明白為什麼剛剛一直覺得哪裡奇怪了。阿島看起來閃閃發亮並不是出於他完全符合不良少年模樣的打扮，而是因為他沒有影子，才會即使在沒有燈泡照的地方，看起來也像在發光。

「啊啊啊啊啊！」

海彥反覆發出哀號，青木先生轉向由香里，開口抱怨：「喂，由香里，你想辦法處理一下這個吵死人的小平頭吧，事情辦完了就趕快把他趕回家。」

「可是青木先生，他已經知道偵探社的祕密，不能直接放他回去吧。」

一聽見由香里這麼說，海彥馬上衝向偵探社門口。

由香里和青木先生幾乎同時大喊：「阿島，阻止他！」

阿島以活人不可能具備的靈巧身手衝向門口，阻止海彥逃走。

儘管海彥經過棒球隊嚴格的訓練，也不可能跑贏幽靈。他差點就要撞上阿島，好不容易才終於停下腳步，慢慢停在阿島和青木先生中間的模樣，就像被識破想強迫取分的三壘跑者，最後又衝回由香里身邊。

「你、你，不、不介意嗎？」海彥呼吸急促到無法好好說話，咳了起來。

「不介意啊。」

「為、為什麼？」

「因為我們楠本家的女生代代都有陰陽眼。」

「咦？看得到什麼程度？不會害怕詛咒什麼的嗎？」

「你問我看得到什麼程度……」由香里指向阿島，「就跟你差不多，不必刻意就看得見。」

「啊，是嗎？」海彥慌亂地點頭。

「只是會被詛咒喔。」

「咦咦咦咦！」還在變聲期的海彥嚇到破聲。

「詛咒——的意思是說你也被捲入跟阿島有關的事件裡了。」

青木先生裝出刻意的笑容，邊哼哼笑邊走近，他摟住海彥的肩膀，兩人一同在沙發上坐下，在海彥的五分平頭上一圈又一圈地摸著。

「這件事情也要請你幫忙了。」

「為、為什麼，我要幫忙？」

「你知道了這件事情就代表你們在同一條船上，萍水相逢即是有緣，好心有好報。」

青木先生聲音低到像是念咒語，催促阿島繼續說下去。

「你也讓這些孩子聽聽你的遭遇吧。」

海彥像是遇到鬼壓床，被青木先生抓著，動彈不得。阿島一臉嚴肅地坐在青木先生的辦公桌前往後仰。

「我剛剛也說過，我應該已經死了，只是不記得自己活著時候的事，也不記得自己怎麼死的，應該算是喪失記憶吧？」

「既然是幽靈，就不能算是喪失記憶吧？沒聽過幽靈會生病的。」

由香里說完，阿島便讚美她：「辣妹真聰明！」接著繼續：「總之我不知道自己怎麼死的，覺得不是很舒服，所以希望你們調查我的身世。」

阿島不經意地望向由香里和海彥，突然瞪大眼睛。

「怎麼了嗎？」

「就是那個！」

阿島走向客用沙發，他的腳步快得跟剛剛一樣，不是活人應有的速度。不僅是海彥，連由香里和青木先生都仰身避開。

「這個這個，就是這個！」

無視於大家驚嚇的模樣，阿島拿起放在桌上的學生手冊，臉上發著光。

「我記得這個學生手冊，說不定我曾經有過。」

「所以你是這兩個孩子的學長嗎？白秒東國中，好奇怪的名字。」

「阿伯，是白妙東國中。」阿島訂正念錯校名的青木先生。

「還給我。」

不理會阿島一臉懷念地摸著學生手冊，由香里無情地拿走。

阿島大概也很執著吧？又從由香里手裡把學生手冊搶過來，打開跨頁的部分，湊到由香里面前。

「你看！我們的校訓是『合作、親愛』，幫助學長是學弟妹的義務。」

阿島坐在空著的單人沙發上，身體往後仰。

「呃，我可以請問一下嗎？」海彥小心翼翼地插嘴。

「大島先生從白妙東國中畢業之後，至今在哪裡做了什麼呢？」

「剛才我不是說我失去記憶了嗎？臭中二，好好聽人家講話可以嗎！」

「好了，到此為止。」

青木先生起身，雙手抱胸，挺直背脊，擺出一副名偵探的姿態。

「這個人呢，現在身影已經淡到幾乎要消失了，我想他是依循本能，來到偵探社。」

「咦？」

「身影變淡？」

「快要消失了？」

三個人同時反問，其中又以阿島受到的衝擊最大，反倒是青木先生不知為何還很高興的樣子。

「無處可去的幽靈最後會化為塵埃，消失在宇宙之中。」

「青木先生，講得簡單一點啦。」

「就像快要熄滅的燭火最後會突然變亮，這個人目前的情況正是如此。」

我想他陷入危機之前，大概模糊到連有陰陽眼的人也看不見，只是一介遊魂，雖然現在終於恢復幽靈真正的樣子，不過也只是暫時的，一旦過了這迴光返照的期間就會消失。」

阿島沒有影子，看起來又閃閃發光，用燭光來比喻聽來格外貼切。

「對了，你們看看這個。」

青木先生說完起身，緩緩翻找著冰箱。他回到驚魂未定的三人面前，手裡似乎藏了什麼，一張開手，由香里三人一同發出哀號。

「這不是蟑螂嗎？為什麼要特地拿蟑螂給我們看！」

「閉嘴，你這沒見識的黃毛丫頭。」

青木先生不容分說地訓斥由香里，又把手上的蟑螂湊向三人眼前，他們這才發現奇妙之處——那隻蟑螂沒有影子。

「青木先生，難道這隻蟑螂，也是幽靈嗎？」

「沒錯，昆蟲的靈魂不會前往西方極樂世界，而是時機一到便化為宇宙的一部分，就跟現在的阿島一樣。」

「好噁喔，不要拿我跟蟑螂比。」

「你現在是跟蟑螂一樣啊。」

青木先生再次強調，他手中的蟑螂就像用電腦繪圖軟體檢視圖案時一樣，一下子清晰，一下子模糊。

「你們仔細看好了。」

青木先生才說完，蟑螂的靈魂便失去輪廓，化為龍捲風般的小漩渦。

「嗚哇！」

三人一同慌張大叫的同時，蟑螂的靈魂便溶於空氣之中，只留下極少量的塵埃，掉落在青木先生的掌心，最後就連那一點塵埃都在他們眼前消失得無影無蹤。

「這就是阿島接下來的命運。」

青木先生殘酷地說完之後，便拉了海彥的襯衫擦拭剛剛拿過蟑螂靈魂的手，又拍一拍一臉厭惡的海彥的頭，再仰望阿島，確認他的反應。

「小捲頭，不要嚇人啊。」

一如青木先生的期待，阿島完全嚇壞了。

「我不叫小捲頭，以後要是敢再用這麼沒禮貌的方式叫我，我馬上就讓你化為塵埃，給我記住了。」

「是、是。」

「阿島若是化為塵埃，就跟佛教的輪迴轉世不一樣。同樣是消失，和般若心經提到的『色即是空（命↓無）』或許有點像，實際上卻大不相同，因為不會出現下一句：『空即是色（無↓命）』。」

「換句話說？」由香里好奇地詢問，一副事不干己的樣子。

「無法前往西方極樂世界也當不成怨靈的遊魂，最後會消散於宇宙之中。」

「好像很可怕。」阿島真的怕了。

青木先生冷冷地盯著阿島看，接著用原子筆敲了敲貼在白板上的海報。

順利成爲怨靈，避免化爲塵埃。
幫助各位前往西方極樂世界。

——黃昏偵探社

「這家偵探社之所以存在就是為了拯救會化為塵埃的不幸死者。」

「麻煩您了，請多多指教！」

阿島站起身，朝青木先生鞠了個九十度的躬；接著也對由香里和海彥行了一樣的大禮。

海彥似乎是覺得很不好意思，也對阿島回禮。

阿島鞠躬的同時，青木先生繼續說明：「找到你變成遊魂的理由，也許會讓你變成怨靈，不過接著我會幫你消除怨念，再送你上天堂。」

「請問，」阿島鞠躬完之後，突然意志消沉地問道：「要多少錢？」

「你在擔心這種事嗎？笨蛋！」

青木先生的眼鏡反射光芒，發出鳥叫般的尖銳笑聲。

「你不用自己付，放心吧，會有補助的。」

由香里不明白是哪裡來的補助款，她瞄了一下海彥，發現他好像是腦袋燒斷了保險絲似的，整個呆掉了。

青木先生發現海彥的神情有異，轉過頭來對他說：「這裡是地獄一丁目三號，只有相關人士才能來到這裡，今天你會在這裡，表示你和這一切都有關係，今後你就好好幫我工作。」

青木先生一說完，就各遞給由香里和海彥一份A4大小的文件。

「這是什麼？」收下文件的由香里念出封面上的字：「業務委託合約／臨時雇用未成年人士——閻王殿？」

「協助敝偵探社調查可以獲得獎賞喔！如果順利解決阿島的問題，閻王可以分別幫你們實現一個願望，所以要填寫這份合約。」

青木先生的話好像童話故事中惡魔的台詞，他指著跟數學證明題的答案欄一模一樣的方形空格，大約可以寫兩百個字。

「咦？我也得寫嗎？」

「當然，你也有想要實現的願望吧？或者你想免費服務？」

聽到青木先生這麼說，由香里心中一陣騷動，浮現一個微小卻明確的願景。她沒有別的願望，就是希望眼前的中井海彥喜歡上自己，並能對自己說「我喜歡你」。不願主動告白也是她狡猾的地方。

（我對海彥同學告白可能會被拒絕，可是海彥同學向我告白，我一定會答應他，所以也是為了我倆好。）

這是單戀女孩的歪理。

（海彥同學的願望又是什麼呢？）

由香里使出作弊偷看的方法望向隔壁，發現昏頭昏腦的海彥用力地寫上大大的「希望可以回到球場」。

「喂，由香里你也趕快寫一寫。」

「可是會被青木先生看到吧？你一定會偷看！」

由香里才說，青木先生便不屑地冷笑一聲。

「你還真是自我意識過剩，我對小屁孩的願望才沒興趣呢——你看。」

青木先生拿出「個人資料保護貼」，就是平常貼在申請公共服務的明信片上，用來遮蓋個人資料的貼紙。（譯註：日本可以用明信片申請各種服務，爲了避免寄送途中個人資料曝光，會貼上專用的貼紙遮蓋）

※填入願望之後，請貼上貼紙覆蓋。此貼紙僅限用一次，黏貼時請小心。

由香里覺得自己像是被拱，又好像被騙，不過還是老老實實寫上心願，再慌張地以貼紙遮住寫得小小的願望。

「真的會實現嗎？」

「你仔細看看※的地方，這可是嚴謹的合約呢。」

※倘若填入虛假的願望、沒有解決問題或解決了問題，願望卻沒有實現，違約的一方要吞下一千根針。

海彥念出聲來，害怕地問：「真的嗎？」

另一方面，由香里伸出食指，戳了戳青木先生，瞇起水汪汪的眼睛。

「你一定要實現我的願望喔。」

「喂，合約要等到解決阿島的案子之後才會執行啊！」

青木先生才說完，原本旁觀的阿島便探出身子來。

「小海，就拜託你啦！」

阿島想要拍拍海彥的肩膀，手卻穿過海彥的身體，如同冷氣口吹出的冷風，飄散到在場的所有人身上。

3

海彥和由香里就這麼組成了臨時少年靈異偵探隊。

「你覺得那個合約真的會幫我們實現願望嗎？上面還寫著違約者要吞下一千根針，好像在騙小孩。」

「但是，我也不想真的吞一千根針啊。」

兩人走在下課後的學校走廊上討論。

和由香里並肩走時．海彥老像以前的日本女人一樣走在她身後，這時候由香里總會轉過頭來微笑，海彥則緊張到看起來可憐兮兮。

對由香里而言，能夠和海彥獨處讓她心情大好，就連海彥緊張的模樣都令她開心，她嘴巴上嫌青木先生的合約很詭異，其實心裡非常期待。如果夢想真的能實現——海彥向自己告白，光是想像，由香里便不禁露出一抹賊笑。

「楠本同學，你看起來好像很高興。」

「沒這回事，我也很苦惱，居然在可疑的合約上寫下真正的願望，嘻嘻嘻。」

「你還是挺高興的嘛。」

「總之青木先生把事情都丟過來了，我們也得好好加油，不然要是失敗了，得吞下一千根針。」

由香里終於收斂起表情。她看得出來青木先生是真的把這個工作丟給他們兩個國中生。每天去黃昏偵探社打發時間的她也知道，青木先生還有其他與陰間有關的工作。儘管如此，把一個人，不對，是一個幽靈的命運交給國中生也太隨便了。

「對了，海彥同學，為什麼你不去棒球隊了呢？」

由香里知道這是個會觸動對方神經的問題，刻意以平穩的口氣詢問。

海彥在合約上寫的願望正是「回到球場」，既然沒有受傷也沒生病，卻不能打棒球，一定是更複雜的理由。

「這是因為……」海彥低下了頭。

由香里看到海彥這模樣，於是換了話題。雖然不知道和青木先生訂定的合約有多大的效力，看來還是不要問海彥關於休練的事情比較好。

「呃，雖然是我胡思亂想，不過你不覺得這一切實在太多偶然了嗎？你偶然撿到我的學生手冊，來到黃昏偵探社交給我，偶然遇到失去記憶的委託人來請託，而對方看到學生手冊，因為太懷念而偶然想起自己畢業於白妙東國中。」

雖然由香里之前說過阿島那並不是喪失記憶。

「我想，是你想太多了。」

海彥還無法直視由香里的眼睛，不過還是努力表現得親切些。

「這應該是所謂的『看不見之手』吧？」海彥說出還沒學過的名言。

此時阿島來到海彥身邊，說了句聽起來就覺得一定是錯的「這是出自亞當斯家族的《國富論》喔」，又飄了過去。

飄走的阿島帶來一陣冷風，刻意跟在海彥跟由香里背後的一群三年級女生不禁抱怨「好冷」，又瞪視由香里。看來她們一行人是海彥的粉絲，覺得由香里親近（她們自以為）酷又討厭女生的海彥是個問題而跟上來。由香里開始擔心自己可能會被叫去學校屋頂或廁所遭人圍毆。

而此時事件的當事人阿島，正快樂地在學校出沒。

「我覺得我的記憶好像回來了。」

除了說到幽靈一定會提到的廁所之外，阿島還跑去音樂教室和樓梯平台等幽靈喜歡的地點閒晃。大概是出於當年是不良學生的自卑吧，他始終避開輔導室跟校長室。

「阿島是從我們在黃昏偵探社相遇後才來學校的嗎？真的是因為看到學生手冊才想起自己以前是白妙東國中的學生嗎？」

「應該……是吧？」

阿島馬上就在學校惹出麻煩。

雖然數量不多，世上也有其他像由香里跟海彥一樣看得見幽靈的人。

「學校出現不良少年的幽靈。」白妙東國中開始流傳關於不良少年幽靈的謠言，完全是即時發生的校園傳說。如果只是學生看到還能當作玩笑，偏偏有些教師和家長也看到了，因而引起一陣騷動，甚至召開校務會議，有人建議請附近神社的神官來驅靈。之所以沒有付諸行動，在於會上大家爭論著驅靈的費用該由誰來付。據說最後是家長會長斬釘截鐵地說「這世上沒有幽靈」而不了了之。

雖然由香里不懂預算的問題，不過她很懷疑家長會長斷言沒有幽靈的說法，因為家長會長就是由香里的祖母。楠本家的女人都有靈異能力，尤其是由香里的祖母玉枝老太太常常上山造訪山頂的靈異地點，祖母告訴由香里的祕密基地——黃昏偵探社也是其中一個類似的地方。

而且在阿島出現之前，白妙東國中其實早就已流傳著不可思議的故事。故事發生的地點是舊校舍的中庭，一般稱之為「秋星之庭」，距今十五年前，名為秋川福巳的天才園藝少年和園藝社的指導老師星野老師一起打造舊校舍的中庭。由於成果實在太厲害了，因此以兩人的名字為庭院命名。之後園藝社的社員也努力維護，秋星之庭逐漸成為眾所皆知的名花園。除了冬天之外，其他時候都隨著季節變化而開滿各種花朵，葉子也隨之轉換顏色，十分美麗。

在秋星之庭完成之前，庭院的正中央已長了一棵高大的白楊樹。白楊樹就像是日晷的晷針——這是表面上的傳說，也刊載在介紹學校的文宣上。每次外賓來時，校長都會連同美麗的秋星之庭一併得意地介紹。

但是，大白楊樹背後還隱藏了一個傳說——任何謹慎的大人都不會輕易說出口的傳說。

大白楊樹日晷旁邊看得見過世的人；或是過世的人穿過白楊樹的影子，前往天國。聽起來最像傳說的是從庭院對面的住宅看不見這個現象。

由香里認為這個傳說是捏造的，因為她雖然有陰陽眼，卻不曾見過幽靈接近大白楊樹日晷。

不，這句話得修正了，現在看到了。

「阿島在那裡吔。」

阿島可能是從學校某處聽到這個傳說吧？身為遊魂的他不知為何繞著白楊樹做收音機體操。站在多年生一串紅、波斯菊和白色雛菊所構成的美景之中做體操，簡直像在搞笑。

「阿島這樣超怪的，雖然這樣說對他很不好意思，但實在很好笑。」

海彥的視力比由香里好，看了阿島的表情，呢喃道：「可是，他的表情很認真喔。」

（看得見幽靈跟視力無關吧？難道海彥的靈異能力比我強嗎？）

由香里盯著看來可笑卻又帶著一絲悲傷的阿島，無論他又跳又蹦還是轉圈圈，都無法前往西方極樂世界。

「阿島為什麼要做收音機體操呢？」

「一定是聽到什麼錯誤的情報吧？例如乖乖做體操就能消掉身上的瘤之類的。」

「這是把民間故事《摘瘤爺爺》混為一談了吧？」

「死了卻不能上天堂果然比考試落榜還麻煩呢。」

一聽到由香里這麼說，海彥便感慨地點頭。

「青木先生說要先變成怨靈，成為幽靈之後才能前往西方極樂世界。」

從口中說出來還真有點可怕。阿島必須先知道自己死亡的真相，因而產生恨意，進一步成為怨靈，克服了恨意之後，才能前往另一個世界。

「啊，阿島消失了。啊，有人來了。」

遠遠一看，發現有人推著載了花苗的單輪手推車來到中庭，和消失的阿島擦身而過。那人身穿和園藝工作不搭軋的西裝，特徵是朝外捲起的長髮。

「喂，你不覺得，那個大叔跟誰很像嗎？」海彥說。

由香里也這麼覺得，可是像誰呢？

由香里跟海彥想的應該是同一個人，絞盡腦汁想了很久之後，終於想出一樣的答案：「我想到了！像撲克牌裡的鬼牌小丑！」

「我剛剛也是這麼想！」

兩人忍不住擊掌之後，海彥卻驚慌地大叫。偷窺海彥的女孩們發出無聲的哀號，對由香里投以銳利的視線。

「他是我們學校的老師嗎？」

由香里和海彥隔窗凝視默默種植花苗的鬼牌小丑，一起歪著頭思考。

＊

第二天收到的校刊解答了由香里和海彥的疑問。

關於校慶的報導中間有一個小小的專欄刊登了鬼牌小丑的照片，下面的圖說寫著：「園藝社今年校慶也迎來高手星野老師指導」。

（秋星之庭的星野老師嗎？）

星野老師以前任曾教於白妙東國中，現在每年校慶時都會以園藝社臨時指導老師的身分回來幫忙。

由香里在下課後打掃完的教室看著那篇報導，突然一股寒氣接近她，嚇了她一跳，一抬頭，看到一臉不悅的阿島站在面前。

「啊，好無聊，我去散個步。」

阿島摸了摸整整齊齊的頭髮，身影化為透明消失。

*

學校圖書館有歷屆的畢業紀念冊，但不可外借，還必須請圖書館委員從資料架上取出。

「嗯，翻畢業紀念冊的確可以找到從這裡畢業的學生……」

想到要從畢業紀念冊找阿島的是由香里，而說要從創立五十五年來的畢業紀念冊中申請九〇年代來看的卻是海彥。

「為什麼是九〇年代呢？」

「大島先生都叫你辣妹對吧？我上網查過，那是九〇年代流行的說法。」

「哇，海彥同學好像偵探喔。」

「會、會嗎？」

海彥撇過頭去，隱藏自己因害羞而紅透的臉龐。

但是兩人接下來的工作可就累了，他們只知道阿島的姓，而且憑著一介遊魂的記憶也不知可不可靠，唯一的線索是阿島畢業自白妙東國中，以及他變成大人後的模樣。

「阿島看起來像是二十五歲以上，會不會就是二十多歲時過世的呢？」

「似乎也未必，聽說無法前往西方極樂世界的死人年紀也還會繼續增長。」

開始翻找畢業紀念冊後，兩人自然陷入沉默，圖書館裡只傳出翻動厚重頁面的聲音。

（要找阿島國中生時的樣子……）

兩人仔細地盯著照片，確認照片底下的名字，雖然分頭進行，還是看到一半就到了圖書館關門的時間。圖書委員拿走兩人手上的畢業紀念冊，把他們趕了出來。

第二天，兩人持續同樣的對話，堅持到圖書館即將關門的時刻。

「怎麼找都不找到啊！」

由香里從書包裡拿出佐久間糖果罐，把草莓口味的水果糖放進嘴巴裡，給了海彥一顆哈密瓜口味的。

「今天晚餐會是什麼呢？」

之前在由香里面前不是全身僵硬就是紅著臉蛋的海彥，現在已經可以閒話家常了，由香里心想雖然是喃喃自語，對於海彥而言已經是偉大的進步。

「我家今天大概是烤魚。」

「真不錯，好正統喔。」

「因為最近我奶奶對日本料理很講究，我家基本上都是看奶奶的臉色。」

由香里的祖母玉枝老太太今年八十六歲，是楠本家的支柱。由香里和父親對於祖母堅持要吃日本料理沒有意見，只是對母親而言似乎有點辛苦。

「我家是雙薪家庭，所以晚餐大多是百貨公司美食街買回來的熟食和沙拉。」

「但是你也長得這麼高大了。」

「嗯，可是我們一直找不到大島先生吔。」

「他真的是從我們學校畢業的嗎？」

正當由香里覺得一切都是阿島記錯時，坐在身邊的海彥突然大喊了一聲：「啊！」

「噓！」遠方的圖書委員豎起手指，立在嘴前，瞪了由香里和海彥一眼。

由香里假裝斥責海彥要安靜，一邊拍海彥的肩膀。手心傳來肌肉緊繃的觸感，由香里悄悄地心跳加速了一下。海彥反而一點知覺也沒有，無聲地吶喊著自己有了重大的發現。

「楠本同學，你看！」

海彥指著照片中的人物，看起來比現在的阿島要再稚嫩一點。該說是迷你大島的少年臭著一張臉，髮型跟現在一模一樣，眉毛修得過細，身上的制服領子拉得老高，全身具備基本不良少年裝扮的男孩照片下方寫著「大島順平」。

「找到你囉，大島順平。」

「可是阿島啊……」

居然是九〇年代的最後一年，一九九九年度畢業的學生。

「早知道就從最後一年找起了。」

海彥的口氣沒有絲毫洩氣，果然打棒球鍛鍊出來的韌性就是不一樣。由香里邊思索邊亂瞄的同時，發現同一頁，也就是阿島班上還有另一個由香里認識的人。

加藤杏，她是由香里和海彥的家政老師。

九〇年代，少女們都追求著所謂「辣妹」才會有的奇怪裝扮，加藤老師卻是一副品學兼優的好學生模樣。過肩的長髮依校規規定綁成辮子，簡直像是古老日本電影的女主角，嬌小端正的臉蛋配上暗紅色的塑膠框眼鏡，露出有些僵硬的笑容。

「你看是加藤老師吔，好可愛喲。」

由香里才剛說完，海彥的臉蛋又恢復前幾天的番茄紅了。

（就連看到老師十五年前的照片都會臉紅啊。）

海彥看似跟由香里變熟，原來也只是習慣罷了。

（接下來的路還很長呢。）

由香里帶著同情的眼神，望向海彥黝黑的側臉，心裡卻竊笑這個工作還真不錯。

4

由香里本來想馬上去找加藤老師，結果老師居然在夏天罹患了流行性感冒，請假一星期。

不過由香里和海彥也在畢業紀念冊中發現了其他收穫：學校附近雜貨店的老闆和足球隊的教練也是阿島的同學。兩人基本上也沒別的事，所以接著就去向他們打聽了。

出發前，他們找到在學校裡閒晃的阿島，要他來看一九九九年度的畢業紀念冊，他不記得雜貨店老闆和足球隊教練，反倒是看到少女時代的加藤杏老師，臉卻紅得跟海彥一樣。

沒想到遊魂也會臉紅啊？由香里心想。

＊

雜貨店很有趣，擺滿了廚房、浴室、園藝等各種雜貨用品、老式的掃把和篩子等等，將店內空間擠得滿滿的。喜歡上家政課的由香里，一一仔細地把玩著茶網和棕刷等商品，眼睛閃閃發亮。

「哦，你們是白妙東國中的學生嗎？真令人懷念啊。有問題儘管問，別客氣。」

雜貨店老闆很和氣，笑容可掬地迎接穿著制服來訪的學弟妹。

「我來泡茶。」

老闆拉開隔開店面和客廳的玻璃拉門，招呼由香里和海彥入內。正當他把茶倒進茶杯裡時，正好有客人上門。老闆請兩人稍等，將茶杯放在茶托上，交給兩人後便走向店鋪。客人似乎是住在附近的歐巴桑，叫著老板的小名，稍微閒聊了一會。

「不好意思讓你們久等了。」

雜貨店老闆把不鏽鋼篩子和零錢交給歐巴桑，邊親切地招呼邊走回客廳。

「大島順平是個不良少年。我雖然也不是什麼特別乖的孩子，倒也沒像他們還去偷車子來開。」

由香里和海彥喝著老闆泡的茶邊聽。

「大島他們那群人常常翹課，來上課的老師都很生氣，該被罵的大島等人卻翹課不在教室裡，害我們這些乖乖來上課的人得替他們挨罵，你們不覺得很不公平嗎？不過這都是十五年的事了。」雜貨店老闆說完，又切了蜂蜜蛋糕請兩人吃。

海彥不好意思地推說「您不用那麼客氣」，卻吃得津津有味。

「說到這裡，大島畢業之前就離開學校了，我記得他是轉學。」

由香里話聽到一半，向老闆借廁所。從雜貨店廁所的洗手台可以看見學校中庭，也就是十五年前完成的秋星之庭。

（咦？十五年前？）

阿島上白妙東國中也是十五年前。

兩個共同點在由香里心中騷動，似乎在催促她尋找其他暗示。

（這難道是偶然嗎？）

傳說中會來找大白楊樹日晷的幽靈連個影都沒有，就連這陣子在學校出沒的阿島都不見身影。由香里回到客廳，提到大白楊樹日晷的傳說，老闆不禁笑出聲來。

「我結婚的第二天跟我太太說了這件事情，她整個人都嚇壞了，說什麼要解除婚姻關係、要跟我離婚之類之類的。我又沒見過幽靈，甚至根本不覺得這世界上有幽靈存在。為了說服她，費了好大一番功夫。」

聽說害怕幽靈的雜貨店老闆娘至今也避著不看靠近學校中庭的窗戶。

「所以擦窗戶都是我的工作，明明這世上根本沒有幽靈。」

雜貨店老闆講得一副結婚很久的樣子，但其實他是今年六月才剛結，可以輕鬆想見，這對新婚夫妻所說的，跟實際上的「嚇壞了」和「費了好大一番功夫」有很大的差距。

「不過呢，」脫離主題的老闆又提起別的話題。「我還是白妙東國中學生時，流行過奇怪的怪談，說校園裡出現小女孩的幽靈，大概是快上小學的年齡。」他刻意壓低聲音，「有人說她穿著凱蒂貓的運動服，還有人說她有一頭自然捲的妹妹頭，總之有很多人目擊她的存在。有次我放學後忘了東西回學校拿的時候也看見了，她的個子大概這麼高，」老闆刻意站起身來，比了比自己腰際。「小女生從走廊的窗戶眺望中庭，老實說還真恐怖，那一陣子我甚至還會夢到她。不過我想來想去還是覺得那應該是錯覺，畢竟我從教室拿東西走回來時，小女生就消失了，通常幽靈不都會跑來說『跟我玩』之類的，硬是要跟人扯上關係嗎？」

硬是要跟人扯上關係？也許真是如此吧，由香里悄悄地瞇起眼睛。

＊

接著去拜訪的是足球隊教練。

教練邊望著在球場上跑過來跑過去的隊員，邊親切地接待由香里與海彥。教練到今年為止已從白妙東國中畢業十五年，擔任同學會的幹事。

「我喜歡照顧別人。」

如此評斷自己的足球隊教練原本是上班族，半年前遭到資遣，目前還在找新工作，雖然單身不需要撫養妻小，卻遭到同住的雙親白眼對待。

「之前因為工作的關係，只有週末來當教練，現在反正很閒，所以每天到了放學時間就往學校跑，我很喜歡這裡的氣氛，比工作還喜歡上一百倍，也許我就是這樣才會丟了工作。」教練盯著自己的掌心苦笑。「父母責備我要是有空照顧別人，還不如去找工作。但是既然我攬下了這份責任，就不能以個人因素而隨便放棄。」

「在履歷上寫喜歡照顧人，不是可以給人好印象嗎？」海彥認真地說。

對學生而言，至少在申請學校時是有加分作用，由香里心想。儘管如此，面對突然來訪的在校生傾訴私事，說不定還滿困擾的。教練或許發現了由香里的心思，嘆氣的同時擠出笑容，回頭看由香里和海彥。

「對了，你們說想知道大島順平的事？」

「是的。」

「那傢伙是個不良少年喔。」

教練和雜貨店老闆說了一樣的話，懷疑地看著兩人。為什麼過了十五年，你們會想知道大島順平的事呢？

「大島先生後來轉學了對嗎？您負責製作同學會的邀請函，要找到他的地址應該很辛苦吧？」

由香里不經意地轉換話題，教練搖頭表示否定，此時剛好守門員表現精采，使得教練分心到球場上，他拍起大手，發出兩聲啪啪聲，只有耳朵和嘴巴留給由香里和海彥，接著說下去：「他不是轉學喔，大島後來失蹤了。」

「失蹤？大島先生是在國中時就行蹤不明了嗎？」

「是啊，我以前是班長，所以會注意班上所有同學。那時候大島跟班上一位名叫秋川福巳的同學感情很不好。」

「秋川福巳是打造了秋星之庭的秋川先生嗎？」

十五年前打造的庭院，十五年前的在校生。

打造庭園的秋川福巳和在校時的阿島有了連結，這段故事又會連到哪裡去呢？教練站在顯得焦躁的由香里身邊，毫無惡意地離題。

「大島單方面討厭秋川，原因是為了一個名叫加藤杏的女生。大島喜歡小杏，而小杏喜歡秋川。大島是不良少年，秋川是模範生，怎麼看都知道兩人是天壤之別。」

「你說的加藤杏，是家政科的加藤杏老師嗎？」

「嗯，小杏從小到大都是溫柔的古典型美女，男生看了都會心動。」

「我明白。」

海彥表示同意，臉雖然沒有紅到熟透番茄的程度，卻也跟紅蘋果差不多。

「秋川當時是園藝社的社長，把中庭打造成現在的模樣就是他的功勞。」

「超乎國中生的程度呢。」

「是啊，那時候理科的星野老師擔任園藝社的指導老師，不過真正厲害的還是秋川。換句話說，他曾經是園藝的天才。有次在園藝大賽獲得優勝，小杏很自然地說他『好厲害』也向他恭喜，大島那傢伙大概聽了不高興吧？竟跑去把庭院搞得亂七八糟，接著就消失無蹤了。」

「搞得亂七八糟之後為什麼要消失呢？」

「不知道啊。」教練的口氣透露不耐，指示隊員集合去休息。「大島失蹤的那天是十五年前的十月十五日，星期五。為什麼我會記得這麼清楚，因為那是校慶的前一天，我們計畫要把記念畢業的時空膠囊埋在秋川得獎的中庭裡，這是園藝社社長隸屬的班級才有的特權，也獲得了指導老師星野老師的許可，那時已快到萬聖節，秋川還在院子裡裝飾了南瓜燈，非常有氣氛。」

教練一度露出懷念的表情，接著又嚴肅了起來。

「然而竟然有人跑去院子搞得亂七八糟，那個人就是大島順平。」

教練的視線回到由香里和海彥身上，似乎想起了十五年前的憤慨，從鼻子噴出長長的一口氣。

「照例又遲到的大島一進教室就抓住秋川說：『我把你的庭院弄得很美喔』。」

「您真的記得很清楚呢，都已經是十五年的事了。」

「長大之後，會發現往事還是清晰得跟照片一樣，尤其是印象很深的事情更是如此。」

「這好像叫做影像記憶。」

由香里一說，教練便「啊」地一聲，點頭同意。

「就是把看到的事情直接化為影像，記憶在腦中嗎？」

「換句話說就是印象深刻對吧？」

「是啊，我身為班長，和秋川去中庭一看，院子真的是被破壞得很徹底，就連為配合節日製作的南瓜燈也和院子的花一起被踩爛。」

「是喔，阿島為什麼會那麼抓狂呢？」

由香里下意識地呢喃，教練露出不可思議的表情。

「你們認識大島嗎？為什麼這麼想知道他的事呢？」

「啊，呃……」

由香里和海彥面面相覷，以眼神交流對話。

「對不起，我不應該自言自語，是說我根本沒想到會出現這個問題。」

「我們得想個說詞，呃，呃……」

海彥抬起眼睛，重新端正姿勢。

「以前呢，大島先生住在我家附近，我曾祖父非常疼他。曾祖父上了年紀，動不動就會流淚，只要想起往事，便啜泣個不停。他不斷問我，順平怎麼了呢？」

「啊，是這麼一回事啊？原來如此。」

站在旁邊聽的由香里和編出謊言的海彥都不覺得自己說得好，教練卻很乾脆地就接受了。

「剛剛說到哪裡了？啊，十五年前大島破壞了中庭的花草，被星野老師叫去，大島卻溜走了，從此失去行蹤。」

「也就是說他離家出走了嗎？」

「阿島，大島這個人，我們不知道他破壞中庭的理由，也不知道他為什麼要離家出走。追根究柢，連他為什麼變成不良少年我們也不明白。」

聽完由香里跟海彥的低語，教練的語氣變得慎重。

「這只是我個人的猜測，不過我想大島會變壞是出於家庭因素。」

「家庭因素？」

海彥遲疑地詢問，問句中包含尖銳的利刺，一不小心就會戳傷喉嚨——海彥的聲音聽起來隱藏了這種意味。

「那傢伙小學畢業之前是由外婆帶大的，直到上國中時外婆死了，才被母親收養。」

「咦？什麼意思？被母親收養？收養他的不是他親生媽媽嗎？」

「是他親生母親沒錯，他家原本是單親家庭，母親再婚時把他留給了外婆，也就是說他母親曾經拋棄過他一次。」

這次換成教練感受到自己話語中的沉重無奈，癟了癟嘴。

「所謂家人呢……」

教練以運動鞋的腳跟摩擦地面。由香里跟海彥追尋教練的視線，望向球場對面的一戶戶人家。

「我覺得從外觀雖然看不出來，但是每一戶人家的屋簷下都有他人無法了解的各種問題。」

「嗯，我也這麼覺得。」

海彥用力點頭，嚇了教練和由香里一跳。

「沒想到會從你口中聽到這種話，難道你不打棒球也是出於家庭因素嗎？」

教練指揮隊員回到球場後，重新轉向海彥。

「中井，你還會繼續打棒球嗎？」

「我不確定。」

「要不要來足球隊試試呢？」

「呃……」

海彥不知如何是好。

看來能問的就到這裡了。由香里催促海彥，兩人離開了足球場。

＊

由香里和海彥跟足球隊教練打聽的第二天，罹患流行性感冒的加藤老師才終於回到工作崗位。原本就沉穩安靜的加藤老師，發了幾天高燒之後，反應還有點遲緩。

五官端正的小臉搭配蓬鬆捲翹的短髮加上一張娃娃臉，如果換成長頭髮再加上暗紅色塑膠框的眼鏡，馬上就恢復十五年前的模樣。

「中井同學，聽說你現在停練棒球？如果你願意的話，隨時可以找我商量喔。」

聽到老師輕聲的關心，讓海彥照例又紅著一張臉，說不出話來。

此時，阿島也來湊一腳。

儘管阿島緊緊黏著加藤老師，但老師看不見幽靈，不可思議地看著緊張兮兮的由香里。

「你們說有事找我，應該不是為了海彥同學停練一事吧？」

由香里趕緊切入主題。加藤老師起先是一臉驚異，慢慢又轉變為眼角下垂，眼看就快要哭出來了。

「十五年前校慶的前一天？」

那天大家利用班會的時間，去把記念畢業的時空膠囊埋起來。班會前一堂課是理科，教理科的星野老師同時也是園藝社的指導老師，上課時提到時空膠囊，身為考生的三年級學生因此稍微放鬆了一下。時空膠囊裡是大家寫給十五年之後的自己跟同學的信。

「十五年後就是三十歲，我到時候就是個歐吉桑了。」

「你說什麼？我今年三十歲，你覺得我看起來像個歐吉桑嗎？」

「像喔，很像！」

比起導師，大家更親近教理科的星野老師。可以輕鬆開玩笑的星野老師像是這群學生的大哥哥，學校可能也是看上這點，除了請他當園藝社的指導老師之外，還要他負責學生的生活輔導，大家都很同情他：「星野老師這樣會太忙啦。」

「阿島，呃，不，大島先生也很同情星野老師嗎？」

「是啊，雖然他沒有表現在臉上跟態度上，可是他應該也很在意星野老師得負責許多工作，只是他這個人總是做跟自己心情相反的事，所以那天他也遲到了。」

班會時才來到學校的大島順平，馬上就被星野老師叫去。

星野老師會找他去不只是因為遲到，另一個理由是阿島沒去上課，反而跑去破壞中庭。負責學生生活輔導同時兼任園藝社指導的星野老師，不能對這番惡劣的行為視而不見，於是要大島找他報到。

「結果大島同學沒去見星野老師，就這樣失蹤了。」加藤老師如同面無表情的人偶，小聲地繼續說：「之後怎麼樣也找不到大島同學。當初是星野老師為了他破壞庭院一事而氣到把他找去，所以覺得自己責任重大，最後弄得自己精神負擔過重，只好辭去教職。」

由香里和海彥面面相覷，彷彿在詢問彼此辭去教職是多沉重的決定，這不是國中生能夠輕易理解的問題。由香里受不了沉重的氣氛，唐突地換了個話題。

「那時空膠囊後來呢？」

「還是埋起來了啊，就埋在大白楊樹日晷的附近。」

「大白楊樹日晷不是前往另一個世界的通道嗎？」

聽到由香里忍不住反問，加藤老師突然精神都來了：「唉呀，你們也知道這件事嗎？我還是學生的時候流行過這個傳說，讓園藝社的秋川同學很受困擾呢。」

老師的臉上露出一抹笑意。話說回來，這個秋川和阿島曾經為了爭奪加藤老師而成為情敵。

「他們曾經為了加藤老師吵過架吧？」

明明阿島也在現場，由香里卻刻意踩雷。

阿島和加藤老師一起露出驚慌的神色。

「楠本同學你真是的……」

「辣妹，不准說蠢話！」

阿島慌張的聲音卻傳不進加藤老師耳裡。

加藤老師害羞了一會，又如同國中生般可愛地笑了。

「大島同學跟秋川同學感情很好喔，點名簿的順序也很接近。」

「阿杏，我跟秋川才不好咧。」

不管阿島如何抗議，看不見幽靈的人也聽不見幽靈的聲音。

「今年剛好是第十五年，所以今年的同學會把時空膠囊挖出來，我好期待啊。」

加藤老師雙手合十，抬頭仰天，這種動作也只有她做起來才可愛。

「其實，那時候曾發生一件事情讓我有點高興。」

十五年前因為大島順平失蹤而引起騷動時，秋川福巳也去阿島可能會去的地方找他。畢竟庭園遭到破壞，秋川福巳身為受害人，這件事跟他脫不了關係。

「所以埋時空膠囊的時候，秋川同學不在現場。」

加藤杏因為秋川福巳找她而走出教室時，秋川背對著她說：「加藤同學，不要看我的信喔。」

秋川福巳的臉紅得跟番茄一樣，引起全班一陣譁然。

「情書！情書！」

但是確定大島順平失蹤之後，班上興奮的氣氛也隨之消失。失去了情敵，秋川說不出原本準備好的告白，和加藤杏分別踏上不同的升學之路。

「老師畢業之後，跟秋川先生見過面嗎？」

「沒有。」加藤老師搖搖頭。「大島同學失蹤之後，秋川同學就退出園藝社。那時是三年級的秋天，正是要專心準備考試的時期，他高中和大學好像都選跟園藝無關的科系，可說是從國三之後就再也不碰園藝了。」

「他現在從事哪方面的工作呢？」

「聽說他在銀行上班，就是這一帶的白妙銀行。」

「畢業之後就沒見過秋川先生了嗎？」

「嗯，沒見過，明明我們都留在家鄉，想見面隨時都見得到。」

秋川不僅不碰園藝，也疏遠了加藤老師。

今年同學會時，他們會挖出十五年前埋在地底下的信吧？到時候……

「就拿點了火的棍子把那些東西燒掉。」

由香里壓低聲音，對身邊的阿島小聲說。

「蠢辣妹。」

生氣的阿島舉起拳頭要敲由香里頭，拳頭卻穿過腦袋，只有一陣涼風飄過她的後腦勺。

5

星期天中午時分，由香里約了海彥在後站的電影院前集合。雖然就地理位置而言學校比較順路，兩人卻沒有膽子相約假日在學校門口碰面。

今天的目的不是約會，而是為了調查阿島的案子，而且由香里還得去站前大樓的文具店幫忙買便利貼，是由香里說要出門時，祖母託她買的。

（我們家好像覺得拜託人是最好的溝通手段。）

由香里走進後站的古老商店街，一下就找到電影院了。她走到隔壁居酒屋的屋簷下等待，海彥和緊貼在他背後的阿島也來了。

「不好意思，我遲到了。」

海彥一跑，阿島也跟著跑，由香里心想所謂的背後靈就是這麼一回事吧。

「辣妹，今天要幹嘛？」

阿島阻止了正要打招呼的海彥，搶先開口詢問由香里。

「我們今天要去你家。」

「啊？為什麼？不要啦！」

阿島一臉扭曲，表示拒絕。

「因為……」

足球隊教練告訴由香里和海彥很多關於阿島他們家的資訊，所以就算只能在外頭看看，他們也想去探一探。

「可是你們不知道我家在哪裡吧？先說好，我也忘了。」

阿島也許真的忘了很多事，不過由香里覺得只有這句話是在撒謊。

「不好意思，我們事先查到了你家的地址。」

海彥一道歉，阿島又揮動打不到任何人的拳頭，只有一陣冷風搧到由香里身上。

「不會吧！你是真的查到了嗎？怎麼查的？」

「其實很簡單。」

十五年前阿島他們畢業的那時還沒有什麼保護個人資料的意識，所以畢業紀念冊後面刊登了當時畢業學生的地址。

一行人搭上巴士後，阿島仍抱怨不斷：「我又沒畢業，幹嘛寫我家地址？」

一身標準小混混打扮的成年人對著兩個國中生鬧彆扭，實在是很奇妙的光景，一兩個有陰陽眼的人沒有發現阿島是幽靈，好奇地望向由香里等人。

阿島好像真的很不想回家，即使要去已經隔了十五年不見的老家，他老兄竟然半路上就消失不見了。

「咦？阿島不見了。」

「這時候不要管他，可能對他比較好。」

「是嗎？」

由香里和海彥依照手機的衛星導航前進，最後發現阿島家是獨棟的木造建築。

如果阿島還活著，現在大概是三十歲，那房子的屋齡看起來也差不多是三十年，紅色的屋頂搭配白色的牆壁，院子裡的草皮修剪得整整齊齊，車庫裡是有點老舊的房車，擦得亮晶晶的。

「總覺得一切都很完美。」

聽見海彥的低語，由香里靜靜地點頭。

「哈哈哈，哈哈哈。」

「嘻嘻嘻，嘻嘻嘻。」

水泥磚圍牆上有裝飾的菱形孔，向內窺視可以看到一群人發出好像劇本上標明的笑聲。一對五十多歲的夫妻和看似大學生的男女邊烤肉邊大笑。

「爸爸、澄人，肉烤好了喔。」

「真帆像媽媽，很會做菜，將來一定會是個好太太。對吧，澄人？」

「爸爸真是的，這樣說人家會害羞啦。」

中年夫婦應該是阿島的雙親，情侶中的女生應該是阿島的妹妹，看起來有點刻意的團圓景象中，只有澄人一個人無法完全融入。

「來吧，澄人，你也趕快吃。」

「對啊，趁肉還沒老趕快吃。」

「好好吃，嗯，好幸福。」

「來拍張大家吃烤肉的樣子作紀念吧！」
「哈哈哈，哈哈哈。」
「嘻嘻嘻，嘻嘻嘻。」
阿島家不斷呈現好像在拍家庭連續劇的情景，由香里看了不禁皺起眉頭。
阿島的妹妹叫「真帆」，頂著一頭完美的淡褐色鬈髮，身上穿著玫瑰紅的套頭上衣。及肩長髮搖曳的模樣，讓人覺得跟阿島出自相同的遺傳基因。
（可是如果她現在是大學生……）
由香里扳起手指，計算流逝的時間。
真帆是阿島媽媽再婚時生的女兒，換句話說和阿島是同母異父的兄妹。阿島失蹤時，真帆應該還很小。
真帆看看雙親又看看男友，露出笑容。
阿島雙親珍愛地看著真帆微笑著。
真帆的男友澄人配合真帆一家，露出有點勉強的笑容。
他們每一個看起來都是好人。

足球隊教練說過阿島家有點奇怪，然而就眼前所見的卻是完美無瑕的模範家庭，甚至該說完美到讓人覺得彆扭。

一想到這裡，由香里背後突然湧起一股寒意，她反射性回頭，發現阿島就站在背後，而且充、滿、恨、意。阿島看起來就像是鬼屋裡的怨靈，一臉怨恨地盯著和樂的一家人，由香里嚇到差點哀號出聲。

（呃啊啊啊啊！）

一時慌張的由香里一不小心站了起來，不幸的是由香里將頭縮回去之際，正巧被真帆看到。

「啊！」

由香里、由香里背後的阿島和站在烤肉爐前的真帆露出一樣的嘴型，小聲地「啊」了一聲。

下一秒由香里背後便出現一股龍捲風，阿島的氣息也隨之消失。

同一時間，本來笑得像在拍家庭連續劇的真帆突然沒了表情。

「真帆，怎麼了嗎？」

「楠本同學，怎麼了嗎？」

真帆在父母的呼喚之下回神，由香里也在海彥拉了拉她的袖子之後慌張地蹲下。

「糟了，我可能被發現了。剛剛阿島來了對吧？」

「咦？我沒發現。」

「阿島一臉『我好恨啊』的表情。」

海彥四處張望，可是阿島的身影已經完全消失。

「無論如何，現在的氣氛不適合進去打擾。」

「我也這麼覺得。」

「繼續待在這裡也查不出什麼，我們回黃昏偵探社一趟吧？」

由香里難得露出退縮的態度，贊成海彥的提議。

「走吧！」

由香里無精打采地邁出步伐。海彥雖然什麼也沒說，由香里卻明白他跟自己有一樣的想法。

如果阿島還活著，回到這個家，那些人會高興嗎？

由香里想盡辦法不去思考湧上心頭的疑問。

「但是啊，」海彥接下來說的話彷彿在回答由香里心中的疑問。「我家可能跟阿島家有點像。」

「所以海彥同學家也是模範家庭嗎？」

聽到由香里毫不遲疑地說出「模範家庭」一詞，海彥有點心慌慌。

「大概吧。」

海彥的父母和他的價值觀與想法迴然不同，卻必須裝出感情很好的樣子。例如過度互相讚美的習慣、過度貶低外人、委婉決定的曖昧共識，尤其是父親開口時，不可以說出「YES」以外的回答，這就是海彥家的情況。

「雖然大家都很忙，至少在家的時候要盡量聚在一起。」

我不想。

「海彥，玩社團沒關係，但是你也差不多到了該決定將來的時候了。認真打棒球可以讓老師為你在推甄資料上加分，也算好事，不過只能打到國二喔。」

不要不要不要。

「原來是這麼一回事。」

由香里仰望海彥，眼神中滿是同情，只是她的眼睛看起來似乎像在笑，那一抹笑意惹火了海彥，他表情可怖地說：「什麼意思？」

「海彥同學變壞的理由。」

「我、我又沒有變壞。」

「沒有就好。」

「沒有就好又是什麼意思？」

海彥發起脾氣的同時，三個巨大的身影從背後逼近。

由香里以為是他們正在為黃昏偵探社打工，因此遇上幽靈或妖怪突然降臨，然而戰戰兢兢望向對方，卻發現是身穿白妙東國中棒球隊練習裝的隊員。

「！」

海彥雖然吃了一驚，卻也明白他們為何會出現。

隊友跟由香里從海彥的沉默中讀出他的想法。

相較於慌張的由香里，海彥露出站上投手丘時會有的認真表情。

「海彥，你翹社團就是為了跟女生打情罵俏嗎？」

不，我們沒有打情罵俏，由香里害怕得退後半步。

「我想幹嘛跟你們無關吧？」

海彥同學，你這樣說可不妙啊，由香里又害怕得退後好幾步。

由香里躲進電話亭中，其中一名隊友的大手一把抓住海彥的領子，海彥也用力地打掉對方的手，雙方速度快到不知道是誰先動手。

三名棒球少年對上中井海彥，由香里來不及喊住手，雙方已經打成一團，她雖然喜歡海彥，甚至可以說是愛上他了，但若要她挺身阻止男生的肉搏戰，她實在沒有意願積極站出來，這正是由香里狡猾的地方。

所以慌張的由香里在心裡不斷默念「不要，住手啊」和「反對暴力，有話好好說嘛！」。

正當由香里腦中浮現明天報紙的標題——白妙東國中棒球隊員在校外鬥

毆，秋季大賽將禁賽時，附近的人家紛紛探出頭來。

「你們是哪裡的學生？」

大人的怒吼聲把四個人拉回現實。

「對不起！」

三名棒球隊隊員面對來訓斥他們的大人，乖乖地低頭鞠躬，海彥也是一樣。隊友們嚴厲地瞪了海彥一眼，不過沒有再動手，而是默默地走開了。

由香里從電話亭後面走出來，迎向海彥。

「你這個笨蛋，跟動物節目裡的動物沒兩樣。」

由香里說話時聲音顫抖，還哭了，自己都覺得有點不好意思。

＊

群架現場離由香里家不遠，於是她把滿臉鼻血和多處瘀青的海彥帶回家。

他們穿過大門旁邊的小門，一路經過倉庫和中庭，好不容易才抵達玄關，海彥驚訝得忘記傷口的疼痛，問由香里：「你家是電影的拍片廠嗎？」

「我家很有錢。」

海彥這才恍然大悟，毫不客氣地左顧右盼。

「我還是第一次親眼見到有錢人的家。」

「希望你會滿意。」

海彥背後傳來有些沙啞的低沉聲音。

「哇！」海彥嚇得反射性地後退。

站在海彥背後的是楠本玉枝，她頭頂如同大正時代女仕的蓬鬆劉海，身穿藍灰色的紬質和服，搭配圖案類似鱷魚皮的腰帶，正是由香里的祖母，同時也是楠本觀光集團的總帥。光是站在那裡，給人的壓力就不輸剛剛那些棒球隊的隊友。

「祖母大人，我回來了。您託我買的便利貼，我也已經買回來了。」

「我回來了──什麼我回來了。」祖母模仿由香里之後，嚴厲地斥責：

「居然帶著受傷的人四處亂晃，到底在想什麼？受傷的人就該有受傷的樣子，全身綁上繃帶好好躺在床上休養。」

「祖母大人，他又不是木乃伊。」

接下來，海彥親眼目睹了楠本家這個超級模範家庭的模樣。

這天剛好是星期天，由香里的雙親都在家，家裡有女傭，甚至還有管家，再加上由香里的堂姊小堇來玩，如同女皇的祖母則是君臨所有人之上。

由香里的父親是天生的孝子，總是以祖母的意見為意見，便想把海彥整個人用繃帶包起來；具備護士資格的母親委婉地一一訂正祖母的命令，並為海顏消毒傷口和在撞傷的地方貼上藥布。

祖母大概也很擔心海彥的傷勢吧，看到他們三兩下就說已包紮好，便重複指揮大家「用繃帶給我好好包起來！」，最後海彥被包成一副重傷的樣子。

由香里和堂姊小堇則是一旁看著。

小堇比由香里大三歲，現在是高二的學生，所有親戚都說她們兩人簡直就像雙胞胎。由香里心想既然小堇和自己很像，海彥和小堇說話應該沒問題，沒想到竟是大錯特錯。

海彥在小菫面前緊張到臉比熟透的番茄還紅，害得由香里的祖母和父親以為他連臉都瘀血而驚慌失措，緊張到要叫救護車，逼得海彥只好說出自己很不擅長和女生說話的弱點。

「哎呀，真可愛。」

由香里的祖母從鼻子發出笑聲，貼滿藥布的海彥一臉可憐兮兮。

此時，感性有點異於常人的小菫緩緩地開口：「海彥喜歡由香里對吧？」

「咦？」

小菫的個性天真反應慢，直覺卻很敏銳，另一個可愛的缺點是不太會去思考自己的言行可能造成什麼影響。

因此她在眾目睽睽之下豎起食指，用所有人都聽得到的聲音跟海彥咬耳朵：「如果你要邀由香里去約會，建議你帶她去看恐怖電影。我以前曾經在電影院打工，可以幫你喔。」

不會說不的父親、老是在吃苦的母親和女皇般的祖母全都瞠目結舌，而由香里的臉蛋也變得跟海彥一樣，紅得像熟透的番茄。

＊

第二天，由香里去超市幫忙家裡買東西。當她結完帳，正要把商品塞進購物袋時，突然有人拍了一下她的肩膀。

「好痛！」

她以為是阿島，轉頭的同時心想不對，阿島是幽靈，雖然粗魯，想拍她也只會穿過去，那究竟是誰？還沒搞清楚狀況便看見一名和自己一樣拎著購物袋的年輕女子。

（她是誰？）

由香里還在思索時，女子已將她如洗髮精廣告模特兒般完美的淡褐色鬈髮撥到肩膀後面。

「啊！」

是大島真帆，阿島的妹妹，難怪感覺有點像。她身穿胸前和袖子打著蝴蝶結的針織衫和針織外套，搭配迷你百褶裙，十分適合她，由香里覺得她的打扮完美到一絲不苟。

「你昨天在我家院子偷窺，對吧？」

「呃，呃，那是有理由的。」

由香里說出常出現在戲劇裡的老套台詞，意外地真帆很乾脆地接受了。

「我也是這樣想。」

「咦？」

為什麼？為什麼會這樣想？

真帆無視於由香里的困惑，眼神望向超市入口附近的美食區。

「我們稍微聊一下吧？」

「呃，我買了魚，得趕快回家。」

「放乾冰不就好了嗎？」

真帆一說完，就拿了個塑膠袋裝在乾冰機下，摁下按鈕。機器傳來冰塊掉落的聲音，還冒出白煙。

「請用。」

真帆把塑膠袋口綁緊，放在由香里的購物袋上。

「走吧，挑你喜歡的位子坐。喝柳橙汁嗎？」

由香里回答之前，真帆就像要盡義務還是行使權利似地不斷說著。

由香里挑了美食區角落的空位坐了下來，把裝了乾冰的袋子放在味噌醃旗魚旁邊。

「讓你久等了。」

由香里根本沒等到，真帆就已經拿了柳橙汁走了過來，她坐在由香里對面，一直盯著由香里看。

「你可能已經知道我是誰，不過我還是自我介紹一下，我叫大島真帆，是早乙女大學一年級的學生。」

對方開門見山的自我介紹氣勢十足，讓由香里內心大受震撼，也老老實實地報上名。

「我叫楠本由香里，就讀白妙東國中二年級。」

「對不起，我竟然對國中生的行為這麼在意，真是小孩子氣。」

「不會。」

由香里明白女子為何會來找自己，一點也不莫名其妙，也不覺得對方孩子氣，只是從沒想過會這麼直接地找上她。

「昨天你和哥哥一起來的吧？」

「呃，是。」

由香里乾脆地說了「是」，如此坦白，自己也很驚訝，同時眼神也四處游移以避開真帆的視線。

「然後哥哥就突然消失了對吧？」

「你看到他消失了嗎？」

「嗯，我看見了。你可以理解我在說什麼嗎？從國三起，十五年來都沒回過家的哥哥居然突然出現在圍牆外，才看見他又隨即消失，真的像一陣煙一樣地消失。既然你是和我哥哥一起，應該可以說明事情的原委吧？」

「我明白您的心情。」由香里像是處理客訴般沉穩而恭敬地回應對方。

真帆見她態度如此，困惑而誠懇地請求：「我想，今天會在這裡遇到你，一定不是偶然，應該是一種心電感應，對，就像是祖先或是神明的指引，所以拜託你，請好好告訴我關於我哥哥的事。」

「要我說明……」

若是想矇混過去，推說是她看錯了也可以，但由香里把想要退縮逃跑的自己拉回到現實，既然原本想去問話的人自己找上門，就老老實實地全盤托出，不試探也不撒謊，如此一來，對方也會願意說說阿島少年時代的往事吧。阿島失蹤時，真帆年紀可能還很小，不過至少是同住在一個屋簷下，也許可以提供一些線索。

「阿島，大島順平先生已經過世了，你看見的是他的鬼魂。」

由香里不知道這番話會是丟出震撼彈，還是讓人以為在說什麼蠢話，不過她還是向真帆說明成為遊魂的阿島目前所面臨的狀況。

儘管由香里覺得真帆不會輕易相信，沒想到她卻很乾脆地說了聲「是嘛」，邊玩著吸管邊戳破玻璃杯上的水珠。

「我正在調查十五年前阿島究竟發生了什麼事。若不調查清楚，成為遊魂的阿島真的會就此消失。所以求求你告訴我，你們家究竟發生了什麼事。」

由香里低頭懇求，真帆一臉悲傷地說：「哥哥已經忘記我們了嗎？也是，他一定很想忘記吧？爸爸、媽媽和我對他來說都不是好家人，我和哥哥一點都不親。」

真帆從跟她的衣著打扮一樣女性化的長皮夾裡拿出一張破破爛爛的照片，它只有一般照片的一半大小，而且還是用膠帶從背後把碎片拼在一起的成果。照片拍的是幼稚園的搗年糕大會，有一個滿臉通紅的小男生拿著大杵，那是童年時的阿島。

「媽媽和爸爸再婚時，把哥哥託給外婆撫養。」

「啊！」

足球隊教練也說過一樣的話。還只是個國中生的由香里不知道這時候該說什麼好，好幾次想開口，最後還是選擇默默地喝柳橙汁。

「很過分吧？媽媽這麼做，等於是告訴他『我就要得到幸福了，有你在會礙事，所以你得去跟外婆住』。」

由香里不能說「確實如此」，只好繼續保持沉默。

「沒多久我就出生了，之後外婆過世，哥哥才被接到家裡來。」

不知道是曾經一度拋棄兒子的罪惡感使然，還是顧慮新伴侶，阿島的母親從阿島來到這個家的那天一直到他失蹤為止都不曾疼愛過他。

不知道是配合妻子顧慮自己的態度，還是單純喜歡不了沒有血緣關係的兒子，繼父也不知道該如何對待阿島，於是也沒好好跟他說上幾句話。

這個家只是提供阿島衣服、食物和睡覺的地方，使他過著感受不到親情，無人教養的生活，雖不至於受到家暴或是不給飯吃，卻像是個透明人，是以最後導致阿島變成了不良少年。

他除了翹課之外，晚上還偷偷跑出家門，和壞朋友混在一起，淨幹些壞事。父母經常被叫到學校，有時甚至還得上警察局。阿島就像穿上一件又一件不良少年的衣物一樣，逐漸變成一個壞孩子。

但是阿島的父母態度始終是「眼不見為淨」，最後終於導致那件改變一切的事情。另一方面，兩人彷彿為了補償把阿島這個拖油瓶視為透明人的罪過，反倒是非常溺愛自己的親生女兒。

——我們不是不愛小孩、殘酷的人喔，你看，證據就是我們這麼疼愛女兒。

「那時我還小，很多事情都不記得了，但是不論我做什麼事，父母都高興得像是在慶祝什麼似的。」

真帆小時候喜歡撕紙，於是她撕破紙拉門、繪本、爸爸的週刊、媽媽打毛線看的手工藝書……但是爸爸媽媽都不曾罵過她。年幼的真帆發現這事情不對勁，認為爸媽一定是忍著不罵她。他們為了自己而忍耐，所以真帆覺得也得為他們做點什麼。既然如此，就撕破那個讓爸爸媽媽頭痛的傢伙的寶物吧，於是真帆把哥哥的相簿撕得粉碎。

媽媽看到撕成碎片的相簿，果然沒有責備真帆。壞哥哥也說相簿什麼的是「無聊的東西」，被妹妹這個「煩人的傢伙」破壞，也只是一副「煩人的傢伙撕破無聊的東西干我屁事」的表情。

「哥哥失蹤之後，我在哥哥的房間裡發現這張照片。爸爸媽媽一直無視哥哥的存在，身為妹妹的我把他快樂的童年回憶都撕破丟掉了。哥哥從被我撕破的照片當中，好不容易找到這半張，小心翼翼地拼起來。」

真帆把只剩半張的照片拿到由香里眼前，不好意思地抬頭看向由香里。

「你可以幫我把這張照片交給哥哥嗎？可以跟他說我想向他道歉嗎？」

「……」

由香里收下照片，放進背在一邊肩膀上的郵差包裡。

從購物袋往上飄的乾冰煙霧，不知為何一直往地板彌漫。

＊

「辣妹你幹嘛啦！幹嘛拿這鬼東西來給我，煩不煩啊！」

由香里為大島真帆的傳話，一併把搗年糕的照片交給阿島，他卻露出打從心底厭煩的表情。由香里想把照片交給阿島，他卻像在祭典攤位上買來的氣球一樣，漂浮在天花板上，想要穿牆逃走。

「吵死人了，你們在吵什麼？」

青木先生不高興地嘖了一聲，從置物櫃拿出細長的注連繩（譯注：以稻草編成的繩子，通常掛在神社當作結界的邊界），學牛仔揮動繩子，大喊一聲之後拋出去，一舉抓住漂浮在天花板的阿島。

「青木先生幹得好！」

青木先生巧妙的捕抓動作，讓海彥不禁拍手喝采。在楠本家被包得像個木乃伊的海彥，拆掉繃帶一看，其實沒怎麼受傷，在臉上貼一塊OK繃就沒事了。

被海彥大大誇獎的青木先生得意地將繩子拉近。

「你看，這是你妹妹小心保存的照片，乖乖把它帶去陰間。」

「哼，這鬼東西誰要啊。」

阿島明明沒有肉體，卻氣得太陽穴冒出青筋，伸出食指像變魔術般冒出火焰，燒掉那張珍貴的照片。

「啊！」

由香里等人同聲責備，阿島像惡作劇的小孩吐出舌頭。

「蠢辣妹，以後不准再做這種雞婆事！」

阿島似乎是真的生氣了，拚命掙脫繩子之後，化成一堆煙霧，穿牆消失。

青木先生指著剩餘的白煙感動地說：「幽靈的汗跟乾冰好像。」

「嗯，真的吔，難怪電視劇裡幽靈出現時，都會冒出白煙。」

海彥戰戰兢兢地把手伸進煙霧之中。

只有由香里一個人不高興地緊閉著男兒節人偶般的嘴唇。

就算我雞婆，也不必擺出那種態度吧？由香里真心想詛咒已化為幽靈的阿島。

6

阿島鬧彆扭消失後隔週的星期一，由香里和海彥約在站前廣場集合。

他們為了見十五年前和阿島是情敵的秋川福巳，在他工作的銀行旁邊等待，換句話說就是埋伏。

由香里和海彥覺得秋川既然是阿島的情敵，一定和阿島有著非常密切的關係。只是比起去拜訪五金雜貨店老闆與足球隊教練，兩人考慮了更多。

和陌生的大人見面，應該要事先跟對方聯絡，然而連名字都不知道的國中生打電話要求見面和突然造訪也一樣很奇怪。除了坦白之外，他們實在想不出來邀約的理由，然而倘若告訴秋川拜訪的理由是為了拯救變成遊魂的阿島，他一定只會一笑置之。

主角阿島最近不再頻繁地出現在學校，聽說也沒去黃昏偵探社，這讓由香里很在意。

「我去見真帆這麼讓他生氣嗎？」

「錯不在你啊，你會收下照片也是因為真帆小姐託你轉交。」

「可是最近阿島都不露面，我好擔心啊，難道他已經化為塵埃了嗎，應該不會吧？」

「不會，你不用擔心。」

海彥微笑著。

「我早上慢跑時，大島先生總是偷偷摸摸跟著我」

「真的嗎？」

海彥轉動脖子，比向後方。

「他現在也跟在我們後面喔。」

「是嗎？」

由香里回頭尋找，發現居酒屋的瓦斯桶置放區附近有個標準小混混打扮的人影。

「他還在我就安心了。我還以為他真的化為塵埃，擔心得不得了呢。」

「你安心，我也高興。」海彥說著說著，害羞了起來。

由香里終於放下心中的一顆大石頭，將精神集中在接下來的任務。

「加藤老師說秋川先生和阿島感情很好，但他們其實處不來吧。」

「嗯……」海彥雖然點頭，卻明顯沒有把話說完。

由香里疑問地看著他，躊躇的海彥低聲回應：「我覺得秋川先生，哪裡怪怪的。」

「你都還沒見到他就覺得他怪怪的？」

「足球隊教練說的話讓我很介意。」

——是啊，那時候理科的星野老師擔任園藝社的指導老師，不過真正厲害的還是秋川。換句話說，他曾經是園藝的天才。

「這句話哪裡奇怪了？」

「教練說秋川先生『曾經』是園藝天才，他後來沒有去當園藝家，而是成為和園藝毫無關聯的銀行員。已成了過去式或許不是什麼問題，可是一個人會這麼輕易放棄自己的興趣嗎？加藤老師也說過，大島先生失蹤後，秋川先生就從園藝社退社了。」

「文藝性社團的人，大多到了國三的秋天就不參加社團活動了吧？」

「但是一般不會退社，名義上還是會留在社團裡，可是加藤老師卻很明確地說秋川先生是退社，然後高中和大學時都念和園藝無關的科系，畢業後去銀行工作，園藝和銀行員一點關係也沒有吧？」

「不是所有人都可以靠興趣過活啊。」由香里引用祖母的話。

楠本家的家訓是「所有職業都很帥！」由香里漠然地覺得無論喜歡不喜歡，所有工作中的大人都非常帥氣。

「海彥同學想當職棒選手嗎？如果將來從事和棒球一點關係也沒有的工作，會覺得自己很奇怪嗎？」

「我沒有秋川先生那麼有才華……」海彥話說到一半，陷入沉思。「如果依照我爸的命令，我只能打到今年，想到這點我球打不下去，書也念不下去，所以才會逃避棒球。換句話說，我是因為心太痛而不再碰棒球吧？」

「嗯。」

「我覺得自己這樣很奇怪，正因為很奇怪，大家才會傳出那些奇怪的謠言，害我被隊友揍。」

不甚同意的由香里歪著頭說：「是嗎？」

「我不知道自己會變成什麼樣的大人，就算以後的工作跟棒球沒有關係，我還是覺得曾經打過棒球很值得驕傲，比方說某次比賽拿了幾個K或是贏了哪次的比賽，可是……」海彥說到這裡，皺起眉頭，「就我目前所知，對秋川先生的印象——當然沒問過本人無法確認，我總覺得他逃離了園藝，所以才不再有任何關聯吧？」

「咦？」

「我覺得他那麼喜歡園藝，並不是沒有想做的事只好選擇其他工作，明明大家都說他是園藝天才，他卻選擇逃離。」

「海彥同學你剛剛說自己是因為心太痛而不再碰棒球對吧？」

「對，所以我想秋川先生會不會也是因為什麼事使他心痛到不再碰園藝了呢？」

「原來如此，重點是心痛啊，秋川先生之所以心痛或許是因為阿島失蹤。」

「是啊。」

點頭同意的海彥突然「啊」了一聲，指向道路的對面。秋川福巳從銀行的門口走了出來。

由香里衝向秋川，一副天真的少女模樣說明自己跟海彥的身分和來意。姑且不管身分如何，所謂的來意根本是一派謊言。

「我們是白妙東國中二年二班的學生，為了畢業紀念活動，來請已經畢業的學長姊給我們一些建議，聽說秋川學長的班上當初埋了時光膠囊，所以前來請教。」

「真是辛苦你們了。」

秋川大吃一驚，眼睛眨了好幾下，不過他還是恢復冷靜，寬容地微笑。

「我那時不是班上的幹部，詳情還是請教班長高村……」

秋川說到一半時，由香里不著痕跡地轉換話題：「時光膠囊是埋在大白楊樹日晷底下對吧？那天應該是一九九九年的十月十五日。」

「你們知道的還真細。」

秋川臉上掛著親切的職業笑容。由香里覺得儘管親切總比臭臉好，不過他實在不必這麼客氣。她邊想，邊緩緩把話題引導到關鍵方向。

「您還記得那天班上有一位同學失蹤了嗎？」

「失蹤？有這回事嗎？」秋川瞪大小小的眼睛，看著由香里。

「就是一個叫做大島順平的人。」

「啊，班上確實有這位同學，不過後來轉學了吧？」

「不，他是失蹤。」

一把話說白，秋川如面具般的笑容幾乎就要剝落。

「我想起來、想起來了，那天我因為感染德國麻疹而早退，並不清楚當天發生了什麼事。」

「咦？您不是和班長高村先生一起去看遭到破壞的庭園嗎？加藤老師是這樣跟我們說的。」

「你們為什麼要一直問這件事呢？高村和加藤這樣告訴你們的嗎？」

溫柔的笑容再次從秋川的臉上消退，取而代之的不是警戒或不快，反而比較接近沉思。不過，再這樣下去他們很可能會被趕走，海彥不得不接著提出其他話題：「順帶一提，您現在和前園藝社的指導老師星野老師還保持聯絡嗎？」

「星野老師現在在站前的白妙升學補習班當講師，離我公司很近，有時我們會在十字路口擦身而過。啊，現在差不多是傍晚課程結束的時間。」

秋川看了一下手表，又周到地露出笑容。

「不好意思，我接著要去應酬，不能讓客戶久等，差不多該走了。」

「不好意思，耽擱您了。」

聽到還有工作這個理由，由香里和海彥便不能再強行挽留了。儘管如此，由香里還是韌性十足地再次開口：「請讓我問最後一個問題。秋川先生您知道當時您所打造的中庭直到現在還是被稱為『秋星之庭』嗎？喜歡園藝的人都對它讚不絕口，校長也很得意，還有人說您是園藝天才呢。」

「……」

對於由香里的讚美，秋川不僅沒有露出喜悅的神色，也沒有顯示出謙虛的態度。

「我已經完全遠離園藝了，住在一般公寓裡，連塊可種花的地也沒有。」

「我明白了。」

由香里深深一鞠躬，海彥也跟著一起鞠躬。秋川惶恐地對兩人說：「你們特地來找我，卻沒能幫上忙，真是不好意思。」

秋川轉過身的瞬間，笑容從臉上消失，變得毫無表情，看在由香里和海彥眼裡，留下深刻的印象。

＊

秋川提及關於星野老師的情報，似乎是在暗示他們該去拜訪星野老師。畢竟人家都特意說了，不這麼做好像也不好意思。

兩人如此解讀秋川的話，於是接著前往白妙升學補習班所在的大樓。

白妙升學補習班原本是當地的課後輔導班，在由香里的雙親正處於激烈的入學考試競爭的時代轉型為現在的升學補習班模式，聽說想要考上當地的高中和大學，去白妙升學補習班會很有幫助，由香里也不只一次被建議該去那家補習班上課。

由香里和海彥對櫃檯人員說出星野老師的名字時，對方以為他們是想要來報名，非常客氣地帶領他們前往教室。

如秋川所言，星野老師已經上完傍晚的第一堂課，正在擦黑板。不知是不是因為知道他就是打造秋星之庭的人之一，星野老師遠遠看起來像是鬼牌小丑的感覺淡了些。

「你們要來報名上課嗎？」

星野老師果然也以為由香里和海彥是來報名的學生，對他們親切地微笑以待。他有種容易親近的氣質，顯現他以前曾經是人氣教師。就算由香里他們介紹完自己和告知來訪的目的，星野老師臉上的笑容也未消失。

「是秋川要你們來找我的嗎？你們是白妙東國中的學生嗎？真令人懷念啊，請坐請坐。」

星野老師在電梯旁的自動販賣機買了可可亞，放在講臺正前方的桌子上。

「你們想問什麼？說吧說吧。」

根據推算，秋川他們還在學時，星野老師和他們現在差不多年紀。在那之後已過了十五年，算算星野老師現在應該是四十五歲左右，然而單看外表卻與秋川他們差沒幾歲。他和氣的眼睛滴溜溜地轉，又能正確判斷話題的方向和提供答案，一點也沒有面對陌生人的警戒和不耐。

「原來你們是來問大島的那個事件啊。」

星野老師直到此時才首次露出些許黯淡的表情。

老師流暢地向由香里他們說明，說法大致跟足球隊教練一樣：阿島是在十五年前的十月失蹤；失蹤之前破壞了園藝社引以為傲的庭院；因為加藤杏而跟秋川福巳不和。

跟自稱很愛照顧人的足球隊教練一樣，星野老師之所以記得如此清楚，是因為這件大事改變了他的人生。

「看到中庭遭到破壞，我也氣急攻心，把他叫到中庭來。」

「他是指大島先生嗎？」

海彥的口氣之中稍微帶刺，可能是看到由香里在爽朗的星野老師面前似乎心情很好而不高興。

（海彥真是容易暴露心思，這一點顯示他還很孩子氣呢。）

星野老師似乎也跟由香里想法一致，他看著海彥的眼睛，誠懇地點頭。

「但他並沒有理會我的命令，並就此消失無蹤。如果那時我用不同的態度對待他，也許他會跟其他同學一起畢業，也可以跟大家一起去挖掘時光膠囊也不一定。每次我一這麼想，就覺得坐立難安，最後把自己的身體也弄壞了，只好辭去教師的工作。」

「老師您剛剛說這是一個事件……」

「嗯，我不知道一個人失蹤除了用事件來形容之外，還有什麼更合適的說法。當時他是所謂的不良少年，大家都認定他是離家出走。儘管如此，除了事件之外還是沒有別的說法吧？」

面對對方直視自己的銳利眼神，海彥不知道該說什麼才好。星野老師似乎是為了道歉不該把海彥逼到說不出話來，露出剛見面時的爽朗笑容：「不過我並沒有放棄希望，還是期盼大島並沒有遇上什麼不測，並且會在今年突然出現在同學會上。」

星野老師收起三個人喝完可可亞的空紙杯，拿去垃圾桶丟掉。由香里和海彥臨走前，他還把裝了白妙升學補習班的介紹和報名表的厚厚資料袋交給兩人。

＊

下課後，海彥和由香里一進黃昏偵探社，就看到青木先生正在用門牙一根一根啃著模範生點心餅。由香里平常坐的客用沙發，現在是阿島躺在上面看韓劇。明明收不到數位電視訊號的映像管電視究竟要怎麼樣才看得到數位電視節目呢？這實在是太神奇了。

「青木先生、阿島，你們居然都在偷懶！」

聽到這句話，青木先生惱羞成怒，額頭冒出青筋：「我可是有別的案件在忙啊！」

青木先生下巴比向放在客用桌子上的一堆書，從豪華裝幀的精裝本到漫畫雜誌應有盡有，毫無規則可循。由香里把白妙升學補習班的資料丟在上面，青木先生發出近乎哀號的怒吼：「你這個遲鈍的女人，對待證據要小心！」

「證據？」

「你看那些書的版權頁。」

版權頁是指書籍最後一頁，刊載作者名字、發行年月日等資料的頁面。

「一九九九年、一九九九年、一九九九年、一九九九年，全部都是十五年前的書。」

「不虧是遲鈍的由香里，一下子就發現關鍵。」

「我不是遲鈍的女人，也不知道什麼關鍵。」

由香里從青木先生手上搶來一包模範生點心餅，平分成三份給海彥和阿島，接著泡了咖啡，加入大量砂糖和奶精。阿島喝了之後很高興，但旋即又翻臉，憤怒地說：「你們見到星野了吧，那個笑裡藏刀的傢伙；秋川則是缺乏誠意，感覺很差。」

「你記得很清楚嘛，居然還說自己喪失記憶。」

面對海彥的指責，阿島毫不退讓。

「記憶是會慢慢恢復的。」

「這是好兆頭呀，趕快多想起恨意和憎惡，變成怨靈吧。」

坐在遠方的青木先生故意說了些刺激的話，但是憶起過去，變成怨靈是拯救阿島的必要手段。

「我來整理一下至今調查的結果。」

由香里用模範生點心餅，在桌子上排出「怨」字。她甚至覺得自己排得真好，都捨不得吃了。

「這裡有一位名叫阿島的遊魂，雖然本人忘記了，不過他的名字叫做大島順平，十五年前是白妙東國中的學生，於一九九九年十月十五日從學校失蹤……」

由香里說到這裡，瞥了一下一九九九年印刷出版的那堆書。

「他自己也不知道目前為止自己究竟在哪裡和做了什麼，陷入形體即將化為塵埃消失的危機，我們的任務是來解開阿島死亡的謎團，好讓阿島接受事實，前往西方極樂世界。」

「說得沒錯。」

青木先生點頭稱是，由香里嘟起嘴巴心想：「明明你都沒在做事。」

「接受自己的死亡就能前往西方極樂世界嗎？」

「跟考上了就能進高中一樣。」

青木先生邊用門牙咬碎模範生點心餅，邊面無表情地回答。

「是喔。」

由香里、海彥和阿島三人一臉迷惘地互相看著對方，繼續話題。

阿島說：「我還在念國中的時候，破壞了秋川之庭後消失。」

由香里訂正阿島：「是秋星之庭。」

接下來換海彥開口：「秋星之庭裡的大白楊樹日晷據說是死人前往天國的通道。」

「我們去問了阿島當時的老師和同學，總覺得秋川先生怪怪的。」

由香里拆掉用模範生點心餅排出來的「怨」字，改成「怪」。

青木先生吃完自己的零食，走過來把拼出「怪」的模範生點心餅一根根拿起來吃掉。

「怎麼個怪法？」

「第一點是就如海彥說的，少年時代明明是園藝天才，現在卻完全遠離園藝，而且，我們提到阿島的名字時，他不是說……」

──啊，班上確實有這位同學，不過後來轉學了吧？

「阿島明明是破壞他精心打造的庭院之兇手，卻連人家的名字也不記得，未免太奇怪，把失蹤說成轉學也很詭異。五金雜貨行的老闆雖然也記不清楚，但畢竟他跟秋川先生的立場不一樣。」

「不要講得一副都是我錯的樣子。」

「就目前所知的，你確實是個壞蛋。」

由香里和阿島兩人凶惡地互相瞪視。

海彥苦惱地看著兩人，補充說道：「我覺得秋川先生好像在隱瞞什麼。」

「對啊對啊，秋川先生說他那天因為德國痲疹而早退的吧？你不覺得奇怪嗎？其他人都沒提到這件事。」
「嗯，我也這麼覺得，不過一般人應該不會記得十五年前其他同學得了德國麻疹的事吧。」
海彥拿出手機檢索，好不容易找到他想查的資料，便念出內容。
「學生健康檢查表，保存期限五年。」
「你在說什麼？」
「學校健康檢查檔案裡會註明是否得過德國麻疹吧？不過，檔案的保存期限只有五年。」
「意思是我們沒辦法確認那天秋川先生是不是真的出疹子嗎？」
海彥全身無力，喝了一口咖啡，好甜。
「明天英文課，是不是說要考單字？」
「糟了，我忘了，這下真的糟了。」
由香里準備回家之際，大家也騷動了起來。
阿島跟地縛靈一樣留在偵探社，由香里和海彥各自回家，青木先生混在下班的人潮中走向車站。由香里看著青木的身影，湧起了些許好奇心。

「青木先生究竟打哪來的，下班後要回哪裡去呢？他究竟是什麼人？」

海彥替由香里說出心中的疑問。

儘管兩位臨時少年靈異偵探隊隊員想悄悄跟蹤青木先生，以解開謎團，不過今晚還是乖乖回去背英文單字吧。雖然覺得有點可惜，不過改天再跟蹤青木先生也可以。兩人如此約定之後，便各自回家了。

＊

第二天早上，由香里背完將近一百個單字，昏昏沉沉地走下客廳時，電視新聞傳來秋川福巳意外死亡的消息。

第二章　青空怪談

1

「好不容易正查到有趣的地方！」

「雖然這麼說太輕率，但是在這個節骨眼……」

「為什麼不讓我們繼續負責這個工作！」

不良少年的遊魂阿島、進入反抗期有點叛逆的棒球隊主將海彥和不討厭叛逆海彥的由香里，三人正坐在黃昏偵探社客用沙發上同聲抗議，一切都是起因於青木先生要由香里跟海彥停止調查阿島生前的事。

「你們是白癡嗎？」青木先生像平常一樣，以娘娘腔的口氣斥責眾人：「有人死了呀！你們這些屁孩繼續攪和太危險了！」

秋川福已意外身亡。在當地的白妙銀行工作的秋川，應酬時喝了酒，回家的路上從天橋跌落身亡，正是由香里和海彥向他打聽阿島過去的那天晚上。

「這種時候要我們收手，很不甘心吔。」

海彥若有所思地抓著五分平頭，小聲地說。

「而且青木先生你是不是忘記跟我們簽了合約？就算不再讓我們負責阿島的事件，也得依約實現我們的願望喔。」

由香里激動地提起青木先生把阿島的案子丟給她跟海彥時，要求兩人簽下的「業務委託合約」，條件是如果順利解決阿島的案子，就會讓海彥喜歡上自己。雖然合約內容很扯，不過青木先生要是忘了，由香里可不依。

「你這個蠢女孩！蠢女孩！蠢女孩！」

青木先生以尖銳的怒吼，連罵由香里三聲。

「秋川去世之前，在應酬席間跟人提起有奇怪的國中生去找他吔！好幾個人在警方問話時提到你們了。」

秋川死去之前遇到奇怪的國中生，就是由香里和海彥，使得他們被警方請去配合偵訊。

「暑假作業有一項是自行決定主題的研究，於是我們去訪問了當初打造園藝社庭園的人……」

由香里和海彥沒有串供，卻異口同聲說了這個謊，然而實在是太不高明，一下子就被拆穿了。首先暑假作業根本沒有自行研究這個項目，而且現在已經是第二學期（譯註：日本的學制是一年有三個學期），暑假才剛結束，再說，由香里和海彥也不是園藝社的社員。

因此這兩名行徑怪異的少年少女，就被警方鎖定了。

「為什麼秋川先生會死呢？」

姑且不管被警方當作嫌犯一事，才剛見過的人就這麼死了的確令人大受打擊。新聞報導說秋川是在天橋上踩空而滾落，造成頸部骨折。

當時是深夜，並沒有目擊者，加上秋川的膝蓋後方發現有令人匪夷所思的撞擊傷痕，所以警方不排除是他殺。講白了，膝蓋後方的傷痕是遭到強烈外力撞擊所造成，力道之強，足以留下瘀青，推測兇手可能是使用棒狀的凶器——例如棒球的球棒，毆打死者，使其自天橋上滾落。

「既然我們不是犯人，就表示兇手另有其人吧？」

「等一下，秋川先生也可能是死於意外啊。」

「都給我閉嘴！」

青木先生再次尖聲怒吼，打斷由香里等人的意見。

「這些都不關你們的事！真是有夠煩有夠煩有夠煩！阿島的案子我會自己調查，你們就去幫我查其他案子吧。」

就算是要請別人幫忙，青木先生架子還是擺得老高。

「等一下，青木先生，為什麼我們還得幫忙調查其他案子？」

「唉呀，你們真的不想要其他任務嗎？」

青木先生望向由香里等人，彷彿在掃描他們的內心。

「這⋯⋯」

由香里的態度有點軟化。

（青木先生沒說錯。）

由香里之所以放學後跟週末假日都能跟海彥膩在一起，正是因為青木先生強逼他們執行任務。

「不，我喜歡任務，一點也不討厭。」

海彥說話快到差點要咬到舌頭，接著又戰戰兢兢地看向由香里。

「你也是……吧？」

海彥沒什麼自信地問，臉蛋也再次變得通紅，由香里覺得自己幸福得不得了。

不管是任務還是奇怪的事件，通通放馬過來吧！

＊

星期天午後，由香里和海彥，不知道為何連阿島都乖乖走在位於商店街南邊角落，沒有人行道的雙線道路肩。這裡的道路狹窄，車流量卻很大，所以行人都跟小鴨寶寶一樣，排成一縱列前進。

只是令人不解的是阿島不知為什麼不跟著青木先生，而是跑來找由香里跟海彥。

「我沒跟著你們，你們就會跟秋川一樣犯下致命的錯誤。」

「我們又沒有犯錯！」氣鼓鼓的由香里轉過頭去時，海彥說：「到囉。」

「就是這裡。」

今天的目的地是令人頭暈目眩的五叉路。

從交通流量大的狹窄車道，突然來到複雜的五叉路口，當然會頭暈。但是這裡有這種揮之不去的奇怪感覺不是出於地緣因素，而是更深層的理由。

「這裡莫名讓人害怕吔。」

就連遊魂阿島都覺得可怕的五叉路口，其中一個角落是一棟空房子，門上貼了「出租」的告示。那是一棟狹窄的三層樓建築，一樓是店面，二、三樓是住家。店面掛著白色的簾子，感覺是隨手買來湊合著用的，半大不小，要遮蔽店面也遮不住，從縫隙中可以窺視整間店面。

由香里窺視了店面，只低聲說了一句：「空蕩蕩的。」

空蕩蕩的房子就像點心吃光的空盒子，令人覺得空虛寂寞。

空蕩蕩的店面水泥地玄關上，有兩個大大的球鞋腳印，是蓋房子的工程中還是搬家時留下的嗎？這樣隨便不講究的小地方更加強了無人的寂寥。

由香里愈看心情愈沉重，於是將視線往上。二樓的窗戶不同於店面，沒有窗簾，左右對稱的窗戶，彷彿無神的黑色眼珠。

「好險青木先生沒要我們進去調查，進去裡面簡直跟試膽大會一樣。」

「嗯。」

海彥和阿島都打從心底同意由香里的話。

「接下來要去的是，呃，這裡。」

海彥看著印在A4紙張上的地圖，指了指粉紅色標記的地方。

這次的委託人不是阿島的同類，而是店面附近不動產公司的老闆，海彥手上的地圖正是不動產公司老闆給的。

「租下那個店面的每一家店都會倒，想請青木先生調查一下原因。」

不動產老闆在由香里和海彥開始調查阿島生前事的前一天委託了青木先生，老闆頂著汗水涔涔的禿頭說：「說實話，我覺得那間店面好像有什麼。」

其實他想說的是「有人」，而不是「有什麼」，只是他非常膽小，不想從自己口中說出不吉利的話，因此只要手上的不動產有問題，就會來找黃昏偵探社幫忙。大概是因為老闆的口碑宣傳，專門負責調查幽靈事件的青木先生有不少客戶都是這類不動產公司。

「記得上一間店是蛋糕店對吧？」海彥邊掐著手指邊念。

蛋糕店之前是補習班，補習班之前是日式菜包店，菜包店之前是書店。

補習班跟菜包店分別開了八個月和三個月就關門大吉，最後開的蛋糕店也只營業了一年兩個月就收起來，和前面兩家店一樣短命得詭異。

「開始吧！」

海彥從身上背的運動包裡拿出一封信。

親眼看過不管開什麼店都會倒閉的靈異店面後，由香里一行人拿著這封信去找人。收件人是「柴田奈月女士」，寄件人是「西式點心店 Flat」，這是青木先生幫他們準備的信。不知道他是從哪裡找來這寫錯地址的廣告信，不過信封裡是真的廣告信。至於「西式點心店 Flat」則是那間在靈異店面只開了一年兩個月的蛋糕店。

海彥湊近印得不清不楚的地圖說：「柴田家就在這附近呢。」

曬得黑黑的大手好好看！由香里想把自己的手放在海彥的手旁邊，因此故意用手指著標記起來的地方。

「對啊對啊，就是這間公寓。」

「我們過馬路吧！」

他們穿過位於五叉路中間的五角形迷你公園。公園裡有公用廁所和一座萬壽菊綻放的花壇。負責照顧花壇的里民自治會在花壇豎立了看板，上面寫著短詩形式的標語：「舉頭三尺有神明，切莫僥倖偷採花」。

「阿島你看！」

少年大島順平十五年前失蹤之前，破壞了學校的庭院。

由香里戳了戳阿島的胸膛，阿島雙手抱胸怒喊：「色鬼！」

「那個看板就像在說你。」

「哪有這種事。」

阿島在由香里手中留下和冰箱差不多溫度的寒氣。

由香里發現阿島的體溫比之前又更低了。即將消失的遊魂會先變成幽靈，所以體溫才變低嗎？還是單純只是最近天涼了呢？

「辣妹，你再發呆，都踩到狗大便了。」

「哇！怎麼不在我踩下去之前就提醒我啦？」

由香里邊把球鞋底沾到的狗大便抹在柏油路上，邊前進。

他們一行人照著地圖指示，走進小巷，接著爬上兩層樓公寓的外側樓梯，目的地是位於二樓邊間的柴田家。

彩繪藝術做成的花朵圖案門牌上，親密地排列了一家三口的名字。由香里受到母親的影響，看到這類可愛的東西就忘了正事，陶醉地欣賞門牌。阿島則是雙手抱胸，一副監護人的模樣。

「不好意思打擾了。」

海彥自然地摁下門鈴，沒想到一看到來應門的人就滿臉通紅，全身僵硬。

（糟了！）

收件人柴田奈月女士是名年輕的美麗人妻，原本看到女生就容易緊張的海彥，一遇上美女更是緊張得不得了。

由香里趕緊從海彥手上拿走信，敏捷地探出身來。她拿出中學生特有的粗魯與天真說：「這封信寫錯地址，寄到我家來。」

「啊，謝謝。」

柴田奈月女士邊摸摸躲在身後的小男生頭，邊收下信。

「這間蛋糕店是以前在大馬路上的那家店吧。」

奈月女士瞇起美麗的眼睛，像是發現宿敵一樣。

由香里照著青木先生教她的台詞說：「那裡的蛋糕好難吃。」

「是呀，不但蛋糕不好吃，店裡的氣氛也很奇怪。我們在那家店訂了這孩子六歲生日的蛋糕，結果第六根蠟燭一直點不起來。」柴田奈月低頭看著兒子說。

「不管換幾根新蠟燭，第六根就是點不起來，很不吉利對吧？」

「嗯，會有這種感覺。」

「不僅如此，過完生日沒多久，這孩子就得了痲疹，真的是很不吉利。」

奈月女士面對初次見面的國中生，就毫無戒心地聊了起來。由香里確定她並沒有看到面相凶惡的阿島，這家人沒有陰陽眼。

另一個證據是從玄關看去，可窺見柴田家客廳的角落站了一個和阿島一樣沒有影子的老爺爺，他的眼睛像是吸收所有光線的黑洞，凝視著沒有打開的電視螢幕。剛剛去看的空店面如果化成人形，就是這位老爺爺的樣子。

（出、出現了！）

老爺爺身上是孟秋時分穿還太厚的羊毛褲和看似是手工編織的毛衣，灰色系的上衣和褲子使得他整個人看起來像是灰燼的集合體。

（嗚哇！）

一陣激烈的寒意爬上由香里的背脊。

由香里至今看到幽靈都不曾感到害怕，這次居然怕成這樣——正當她這麼想時，阿島一副快要哭出來的表情，趴在她背上。

「辣妹、阿海，快逃、我們快逃吧，求求你們，帶著我趕快逃吧！」

阿島難道還沒有自己也是幽靈的自覺嗎？竟然嚇到手足無措。

「有客人嗎？」

奈月女士的先生笑咪咪地穿過走廊。

由香里點頭示意，邊往裡面偷看，發現柴田先生毫不在意地在老爺爺身邊坐下，打開電視。

＊

由香里一行人離開柴田家，在五叉路口前方的垃圾場停下腳步。

「你們看到那個，覺得如何？」

「靠！那個老爺爺真的是怨靈。」

「是啊，感覺起來是比阿島可怕得多的幽靈。」

就連剛剛在美女太太面前過於緊張，毫無危機意識的海彥也都說「那的確是幽靈」，害怕地回頭看向公寓。

垃圾車已經收走垃圾，空蕩蕩的垃圾場上方的電線卻停了許多烏鴉，嘎嘎聲此起彼落，偏偏他們正在討論靈異話題，連烏鴉叫聲都覺得分外可怕。

「你們看到了吧？」

就在此時，突然有人對他們搭話，把三個人都嚇得跳了起來。原來是青木先生從背後無聲無息地接近。他的眼鏡反射九月的太陽，變成一片白色。他瞇起鏡片後方的眼睛，視線從公寓二樓的柴田家一路緩緩轉移到剛剛提及的空店面。

「我們看到的，那個，究竟是什麼？」

青木先生用相同的視線，望向對面的水果甜點店。

「先不說這個，我肚子餓了。」

2

「你們都看到柴田家客廳裡的老爺爺了吧？他就是進駐在五叉路空店面的幽靈啦。那裡本來是書店，老爺爺是十五年前關門的那家書店老闆。」

青木先生點了法式水果布丁、巧克力聖代和鬆餅，每樣都輪流吃一口，嘴裡食物還沒吞下去，口齒不清地說：「那裡本來是一對老夫妻經營的小書店，只有名字很大氣，叫有馬屋書店。你知道有馬屋書店嗎？」青木先生自己問了海彥，又一副瞧不起笨蛋的口氣說：「怎麼可能知道！那家書店關門時，你們都還沒出生呢。」

「原來如此。」

由香里與海彥面面相覷。

「老奶奶生病過世，老爺爺沒多久也跟著走了，他們的兒子雖然繼承了土地和房子，卻不打算要自用，他沒有賣掉或是拆了房子，而是選擇整棟出租。房租很便宜，很快就租出去了，可是一有人搬進去，沒多久就出現幽靈。」

「就是那個老爺爺嗎？」

海彥一副喝了中藥，苦不堪言的表情喝著冰咖啡。

「對，老奶奶很乾脆地去了西方極樂世界，老爺爺個性偏執，想到當初開店時書被順手牽羊就不甘心，落得在人世間徘徊。」

青木先生把雙手舉到胸前垂下，擺出幽靈的姿勢。

「租下店面的店家接連倒閉都是老爺爺害的嗎？」

「當事人變成幽靈跑出來，會這麼想也很自然。」

由香里插嘴說：「與其說是自然，不如說是超自然？」

「總之我想先安撫老爺爺，於是收集他過世那一年遭人偷走的書。」

所以黃昏偵探社才會出現那堆書。

「遭人順手牽羊的書一共有一百本，而我已經找到了九十九本。」

青木先生轉動肩膀，一副很累的樣子。至於青木先生怎麼找到被偷的九十九本書，由香里覺得只能說是超自然現象。

「青木先生，你是怎麼找到那九十九本書的呢？」

青木先生大概把由香里的疑問當作讚美，得意地唱著說：「不告訴你～～不告訴你～～」

「全部都是一九九九年的書呢。」

「原來如此，所以是十五年前啊。」

原本就讀白妙東國中的國三學生大島順平，也是在十五年前失蹤，這裡又出現了十五年前的巧合。

「阿島，你去過那間書店嗎？」

「啊，我說不定在有馬屋偷過書。」

逐漸憶起過去的阿島，口氣之中絲毫沒有反省之意。

「應該是偷了色情書刊或是漫畫雜誌之類的，反正要騙過老花眼的老爺爺很簡單啦。」

「阿島，你很爛吔。」

「對啊，老爺爺會變成遊魂，說不定是你害的。」

「什麼嘛？裝什麼好孩子，我就那麼壞嗎？」

「是很壞啊。」

阿島被由香里瞪，又被海彥拍肩膀，雖然海彥的手穿過了阿島的身體，阿島還是尷尬地消失了。

青木先生隔著甜點，看著三人交談，拿起放在膝蓋上的兩本檔案夾。

「你剛剛問我是怎麼找到的對吧？祕密就在檔案夾裡。」

兩本檔案夾封面用毛筆寫著「有馬屋書店／進貨資料簿」和「有馬屋書店／順手牽羊資料簿」，上面還貼了貼紙，粗大的字體寫著「商業機密」、「僅有一本」、「不得弄濕」等等，好像在恐嚇翻閱的人。

「為什麼青木先生可以拿到有馬屋書店的資料呢？先不管『進貨資料簿』，『順手牽羊資料簿』是怎麼一回事？」

由香里一翻開「順手牽羊資料簿」，發現裡面居然註明了失竊書籍的最終擁有人、目前所在位置等資訊。

「老天有眼，什麼都看在眼底喔。」

青木先生面對滿懷感動的國中生，發出如鳥叫的嘎嘎笑聲。

「這個呢，是計算怨念度所需要的文件。」

青木先生揮動長湯匙，一副「這可是常識啊」的口氣。

「怨念度是計算出來的？」

「呃，就像是導師掌管了記錄我們在校表現的功過簿嗎？」

「功過簿？」

青木先生在鏡片後方的小眼睛亮了起來。

「沒錯，『順手牽羊資料簿』是閻王殿發行的文件，跟『功過簿』很像，你屈屈一介國中生怎麼會知道這種事呢？」

青木先生揮動湯匙，逼近海彥。由香里心想：明明剛剛一副「這可是常識啊」的口氣，被說中了居然又擺出這種態度。

「先不說功過簿，閻王殿又是怎麼一回事？」

「我才不要告訴你。」

壞心眼的青木先生重新翻開「順手牽羊資料簿」。

「要找出被偷走的書根本是海底撈針，有這些資料就輕鬆多了。」

由香里這麼一說，青木先生便笑了：「你真是太天真了。」

「我那天喝下午茶，手不小心滑了一下。」

結果最後一頁只留下打翻的咖啡漬和暈開的墨水痕跡，無法判讀。

「為什麼不是油性的墨水呢！」

「所以封面才會貼上『不得弄濕』的警告貼紙啊，剛剛我也說過了，被偷的書就差一本還沒找到，所以才要你們去找出來。」

「該不會是……」

資料簿一頁記載九本書，總共十二頁。一切簡直就像注定的厄運，九十九本失竊書籍的資料都沒事，就只有最後一頁——換句話說，只有最後一本的資料消失在咖啡漬裡。

「這一頁原本寫了什麼？第一百本的書名呢？」

「不記得了。」

「哪有人這樣！」

由香里和海彥啞口無言，青木先生貌似高興地點頭：「對了，還有一件事情，就是生日蛋糕的蠟燭。為什麼第六根蠟燭老是點不起來，我的直覺判定這件事也得馬上調查。」

「不就單純是因為濕氣過重嗎？」

聽到海彥的疑問，青木先生不禁從嘴裡噴出鮮奶油泡沫，破口大罵：

「我叫你查！」

「書跟蠟燭，哪一個優先呢？」

「都要一起查。」

「哪有人一邊打全壘打，一邊灌籃的啦！」

「我也是盡了全力在做啊！你們也看到辦公室堆積如山的書了吧？那全都是我一個人找出來的，現在不過是叫你們找一本書而已啊！」

青木先生快速罵完之後，猛然把鬆餅塞進嘴裡，堵住自己的嘴巴，說不定這也是避免由香里和海彥多問的策略。

「找最後一本最麻煩啊！明明是你自己把順手牽羊資料簿弄濕了。」

「而且蠟燭的事情還不是全都丟給我們查。」

抱怨個不停的由香里突然覺得背後很沉重，好像胸口塞滿了鉛塊，非常不舒服。海彥似乎也有一樣的感受，他趕緊喝下冰咖啡，敲打自己的胸口，然而敲打之後胸悶並未消失，代表海彥也感受到超自然的存在。

「一、二！」

兩人一起鼓起勇氣回頭，發現那個人——在柴田家客廳看到的老爺爺，就坐在他們的正後方。灰色的毛衣搭配灰色的羊毛褲，充滿怨恨的眼睛往上瞟，盯著由香里和海彥看。

「嗚哇！」

嚇了一大跳的由香里打翻眼前的柳橙汁，灑得非常徹底。

「看吧！你也會打翻成這樣啊！」青木先生得意地說。

剛剛消失不見蹤影的阿島再度出現，灰色的老爺爺也一起加入用濕巾擦桌子的行列，所有人的手在狹小的桌子上移動，看了頭都要暈了。

「喂！你什麼時候跑來的？」

青木先生阻止老爺爺繼續擦下去。

「初次見面，敝人有馬和夫，是有馬屋書店的老闆，我想也許有什麼事情我可以幫上忙。」

灰色的老爺爺用近乎聽不見的聲音說著，整個人縮成一團。

「呃，我絕對沒有意思要詛咒其他店家倒閉。」

有馬爺爺該說是陷入窘境，沒有立足之地還是無處可去呢，總之一副非常困窘的模樣。

由香里突然覺得他很可憐，於是把青木先生還沒碰過的水果黑糖蜜挪到老爺爺面前。

「您不用客氣，就吃了吧！反正這個人獨吞了一整份鬆餅。」

「小妹妹，謝謝，謝謝你，不好意思，那我就不客氣了，」

有馬爺爺非常客氣卻又高興地吃起水果黑糖蜜。

「老爺爺，既然你都化為幽靈現身了，那就請你也來幫忙吧！」

青木先生的水果黑糖蜜被由香里拿走，於是把其他吃到一半的甜點都攏到自己面前。

「請大家多多指教。」

老爺爺對著每個人點頭，口氣充滿歉意。

＊

這世上究竟有多少本書呢？

就算搜尋的場所只限定於這座城鎮，要找出一本書就像要在米缸裡撈出一隻米蟲。黑色的米蟲在白米當中固然醒目，有馬爺爺要找的書卻連書名也沒有。

「你們真的幫我努力去找了。」

老爺爺來到黃昏偵探社的辦公室，看到青木先生找來的書堆，不禁雙手合十。

「但是就算看到這裡的每一本書，我還是開心不起來。」

「換句話說，心中的遺憾還是無法消除，心心念念的就是最後的那一本。」海彥代替老爺爺說出心聲。

「最後一本是哪一類的書呢？」

「小妹妹，不好意思，我什麼也不記得了。」

老爺爺說不記得，是跟阿島一樣，也就是幽靈性喪失記憶，還是高齡所引發的健忘呢？

老爺爺忘記自己剛剛才在咖啡裡加過糖，又放了一顆方糖，褐色的液體濺起褐色的水花，想必杯底一定是高濃度的糖漿在搖晃。

「既然記不得的話，就不該執著到無法前往西方極樂世界啊？」

海彥受到老爺爺的影響，也喝下加了太多糖的咖啡。

「但是我總覺得還有事情尚未完成。」

有馬爺爺發出稀哩呼嚕的聲音喝著咖啡，一臉幸福的模樣。

看著老爺爺的表情，由香里突然覺得老爺爺的遺憾說不定是缺乏幸福的感受。她像休息中的貓一樣放鬆全身，邊打呵欠邊望向電視。十四吋的映像管電視正在播放兩小時的浪漫愛情連續劇。

「好悅耳的曲子喔。」——好美的曲子喔。

「這首曲子叫做 SICILIANA。」——這是名為 SICILIANA 的舞曲。

「我們來跳舞吧。」——我們來跳舞吧。

「好久沒有跟你跳舞了。」——好久沒有像這樣跟你跳舞了。

「那時候真是開心。」——那時候真是開心。

映像管電視中的演員跟著由香里，說出一模一樣的台詞。

「辣妹，閉嘴！」

「楠本同學好厲害！」

有馬爺爺和海彥感動地望著由香里，阿島卻因為她破壞連續劇的氣氛而勃然大怒。

預測連續劇的台詞是由香里的一點特技。這項技能不能寫在推甄資料上，頂多只能在這種時候拿出來炫耀。

「說到這裡，那本書好像跟西西里島有關。」

灰色的老爺爺思索著，邊喃喃自語。

由香里盯著電視畫面，遙想著西西里島。

西西里島是個大島，位於義大利南方，島上有世界遺產。去年由香里的祖母去義大利旅行時，參觀了埋葬許多木乃伊的大聖堂，抱怨說：「真是噁心的習俗。」由香里記得聽到祖母敍述這段旅程時，心想與其去看木乃伊，還不如去吃義式冰淇淋。

正當由香里陷入和事件毫無關係的思緒時，海彥似乎從老爺爺的話中找到線索。

「也許最後一本書不是阿島偷走的黃色書刊或漫畫雜誌，而是書名有西西里島的書被賣到二手書店了！」

「原來如此，的確有這種可能、有可能。」

老爺爺似乎非常認可海彥的推測，笨拙地掏了掏口袋，最後終於拿出兩張皺巴巴的千圓鈔票。

「褲子口袋裡有兩千圓，我太太早我一步走，所以這兩千圓一定是我自己放進口袋裡的，但是我一直想不起來這兩千圓究竟是要用來付什麼，我一直想一直想，現在終於想起來這兩千圓的用途了。」

有馬爺爺說話慢條斯理，由香里等人都急得跳腳。最沒耐性的青木先生代表大家逼問老爺爺：「然後呢？然後呢？然後呢？這兩千圓到底是要幹什麼用的呢？」

「應該是我在二手書店看到那本書，想把它買下來吧？」

「應該？你不要講得一副事不干己的樣子！」

青木先生用力拍打老爺爺的肩膀。

由香里正想罵青木先生不可以對老人動粗，然而老爺爺的身體跟阿島一樣，青木先生的手只會直接穿過。

3

有馬爺爺說「反正我很閒」，於是和由香里一行人一起尋找最後一本書。

無論是阿島還是老爺爺，黃昏偵探社居然讓已是幽靈的當事人來幫忙，真是有夠刻薄，更不用說找國中生來辦案。說到找國中生幫忙，青木先生用三兩句話就打發了：「吃苦要趁年輕。」、「我不會叫你花錢買苦頭，這是免費送給你的。」

要是由香里說我不需要吃苦，嚷著要放棄時，青木先生又會說：「虎頭蛇尾是人渣才做的事，我一個堂堂的大人，不能放任國中生在我眼前墮落。」

青木先生用強硬的理由逼迫由香里和海彥為他工作，絕對不說一句「拜託」正是他的作風。

由香里一行人抱怨歸抱怨，還是將當地的二手書店都走了一輪，卻怎麼也找不到老爺爺心心念念的那本書。

去到大型二手書店，大量的書籍令老爺爺目眩神迷，忘了原本的目的，沉迷於書海裡，大家忍不住抱怨：「這是書店老闆該有的行為嗎？」

這家二手書店裡都是比較新的書，十五年前出版、關於西西里島的書根本連影子都沒有。他們翻出一套網羅世界遺產的全集給老爺爺看，他歪著脖子思索，遲遲無法確定。

由香里正要把世界遺產全集放回書架時，阿島跑來突然開口：「辣妹，借我三千圓。」

看來阿島發現想買的書，興奮到表情都扭曲了。

難道阿島發現可以讓老爺爺前往西方極樂世界的那本書了嗎？由香里跟著阿島去看那本書，結果卻讓她大發雷霆。

「這是什麼？」

石渡美梨華全裸寫眞集《Al dente的美梨華》三千圓

「我要走了。」

「等等，辣妹，等等！」

阿島邊揮動全裸寫真集邊大聲呼喊由香里。

店裡有些客人有陰陽眼，在他們眼中，揮著全裸寫真集，呼喊國中女生的不良青年會是什麼模樣呢？更麻煩的是看不見幽靈的人只會看到寫真集飄在半空中，解釋起來更麻煩。由香里把阿島連寫真集一起逼到角落，低聲斥責：「給我住手，丟臉死了！」

「現在哪顧得了什麼丟臉不丟臉，這可不是單純的黃色書刊。」

阿島十五年前突然失蹤之前，確實在五叉路的書店獲得了這本寫真集。

「獲得的意思是說不是買下來的？所以是你偷走的？」

「這我就想不起來了。」

「所以你想說這本寫真集很可能就是我們在找的最後一本書嗎？」

「可能性很高，非──常高。」

很有可能以前在有馬屋書店偷了《Al dente 的美梨華》的阿島，一副自己立下大功的得意模樣。

「你等我一下。」

由香里打電話要青木先生查查順手牽羊資料簿裡的九十九本書當中，有沒有這本寫真集。

「你這孩子很愛指使人吔。」青木先生似乎在吃什麼，口齒不清地抱怨。電話另一頭傳來電視的聲音，好像是搞笑節目，就連透過電話，都能聽到遠方傳來笑聲。正當由香里等得要不耐煩時，青木先生回答了：「沒有。」說完便發出尖銳的笑聲，似乎是被節目內容逗樂了。

「那沒事了。」

由香里掛掉電話之前，青木先生就先掛了。

「首先得問有馬爺爺。」

有馬爺爺在雜誌區，沉迷於過去的電影雜誌。老爺爺比較有當幽靈的自覺，巧妙地把雜誌攤開放在書架上閱讀。
「老爺爺，請你看一下。」
由香里躲躲藏藏地將《Al dente 的美梨華》拿來，遞到有馬爺爺面前。
「這本書可真不得了。」
「阿島說這可能是最後一本書，老爺爺你覺得呢？」
「嗯，這本書可真不得了。」
有馬爺爺珍惜地撫摸寫真集封面。
「你看，老爺爺也一副滿足的樣子，辣妹，你就買了吧。」
「話是這麼說，但其實是你自己想要吧？」
「你這傢伙，不說你都忘了，不是只有老爺爺是幽靈，我也是啊。我們可是懷有遺憾，無法前往西方極樂世界的可憐幽靈，你的責任就是要照顧我們啊。」
「這算哪門子的照顧啊！」
由香里大發雷霆，用力拍了一下寫真集封面的石渡美梨華。阿島和老爺爺一起嚇得「啊」了一聲。

「如果，假設，萬一，這真的是第一百本被偷走的書，為什麼會淪落到二手書店呢？」

十五年前，這本寫真集是阿島的寶貝。阿島喜歡藝人石渡美梨華，僅次於加藤杏，所以他不可能把這本寫真集賣給二手書店。

「我記得我藏在床底下。」

「啊，色情書刊固定會出現的位置。」

但是經歷了連自己也不知道真相的失蹤，阿島並不知道家人如何處置《Al dente 的美梨華》。

「辣妹，好啦，就買啦！要是把寫真集放回架上，被其他人買走就沒得救囉！」

「人家才不要，你也不想想我去買很丟臉吔！你自己去付錢。」

「我是幽靈，店員又看不到我，只會看到寫真集跟三千圓在半空中飄。」

「又不干我的事。」

「沒辦法，那辣妹借我錢，我找小海去幫我付錢。」

這才更不可能吧？

由香里還沒說出這句話，阿島就消失不見，跑去找在其他地方認真找書的海彥。

「哦，好啊。」

聽阿島的説明時，海彥沒有想太多，但是百聞畢竟不如一見，當海彥看到《Al dente 的美梨華》的封面時，就跟由香里預期的一樣，瞬間石化。

「海彥，振作點！」

由香里站到一路紅到五分平頭頭頂的海彥前面，自己也有點臉紅地從阿島手上搶過《Al dente 的美梨華》。

「好啦！我去幫你付錢啦！用我的錢買下這本書。」

「辣妹，你這種施恩的口氣很糟喔。」

明明害羞到不行，卻大步邁向收銀台的由香里把《Al dente 的美梨華》翻過來交給敏捷有禮的店員。該説是封面設計很有創意嗎？封底居然是石渡美梨華的背面全裸照。

（為什麼我得花自己的錢做這麼丟臉的事呢？）

由香里眼睛往上瞟店員，正要說出店員其實根本沒問的理由時，發現店員把寫真集放進銀底黑商標的袋子裡，看也不看她的眼睛便說出金額。

「請問有集點卡嗎？」

「沒、沒有。」

「請問需要集點卡嗎？」

「不、不用。」

由香里買好寫真集，迅速離開收銀台，不自覺停止呼吸，差點要缺氧。她邊張開嘴巴，像金魚一樣喘氣，邊眼睛往上瞟，瞪視阿島。

「幫你買來了啦！」

「哦，辛苦你了。」

阿島擺出高人一等的姿態，伸出只能穿過所有事物的手，摸摸由香里的頭。

由香里買下的《Al dente 的美梨華》經由阿島，交到有馬爺爺手上。如果這就是老爺爺心心念念的那本書，解決老爺爺的問題，由香里也與有榮焉。

「謝謝你特意買下，但這本書還是你留著吧。」

老爺爺只是對前不良少年表示感激之意，並沒有要前往西方極樂世界的跡象。

由香里嘟起嘴，心中的不滿無處可發洩，於是將阿島珍惜地抱著的《Al dente 的美梨華》一把搶來，翻開版權頁。

一九九九年一月十五日　初版一刷發行

二〇〇四年十二月十日　初版五刷發行

「啊！被騙了。」

二〇〇四年增刷的版本當然不是阿島從有馬屋書店偷來的那本寫真集。換句話說，這絕對不可能是被偷的第一百本書。

接下來他們又去了好幾家二手書店，都找不到老爺爺想要的書，甚至還跑去賣義大利雜貨的店和義大利語教室，同樣毫無收穫。

依舊精神奕奕的海彥活力十足地回頭說：「啊，還有餐廳。」

那是一間名為「Ristorante Cappuccino」的餐廳兼藝廊。

店名叫「Cappuccino」，想必卡布奇諾格外好喝吧？

雖然稱不上藏書，不過餐廳的窗邊擺了幾本以皮革或布料裝幀的古老書籍和陶製裝飾品。看到這些稀奇的書籍，不愧曾是書店老闆的有馬爺爺眼睛都亮了起來。

「我的書店從來沒有擺過這麼豪華的書。」

老爺爺邊說邊搖搖晃晃地走進餐廳。

「老爺爺，等一下！」

沒打算要在這裡用餐的由香里，急得在店門口跺腳。

雖然由香里一行人一共是四個人，真的活人只有由香里和海彥兩個人，周遭的視線投射的方向會隨眾人有沒有陰陽眼而有所不同。

就算不把幽靈算進去，兩個國中生跑進義大利餐廳也是很稀奇的事，更重要的是由香里的零用錢只有五千圓，剛剛還借了阿島三千圓買下《Al dente 的美梨華》，現在錢包稍嫌單薄。

「你們是前一陣子來找我的學生吧？」

店裡意外傳來招呼聲，由香里歪著頭望向對方：「咦？」

一名男子笑瞇瞇地看著由香里一行人。那人留著類似鬼牌小丑的長髮，身穿手工訂做的合身西裝，放下手上的小咖啡杯，刻意走到門口來。

「午安，你們就進來吧，別客氣。」

原來向由香里等人打招呼的是前白妙東國中教師，現在在站前升學補習班擔任講師的星野老師。

「歡迎光臨。」

體格壯碩的主廚站在店裡，笑瞇瞇地看著由香里等人。

海彥跟著由香里走進店裡，跑到擺了書的窗邊去找有馬爺爺。

「……」

老師和主廚交談了一會，又轉向由香里。

「你們之前來找我打聽大島順平的事對吧？之後還順利嗎？」

「嗯，還好。」
身為當事人的阿島一看到星野老師便突然消失了。星野老師當年在白妙東國中負責輔導學生，原本是不良少年的阿島至今還是很不喜歡他。其實阿島就算留下來，星野老師也看不到他，但他還是刻意消失，簡直跟小孩子沒兩樣。
「難得你們來，讓我請你們吧！挑喜歡的位子坐。」
可能是因為店裡沒有其他客人，星野老師的聲音如同在教室上課時明亮。
「是。」
由香里坐在靠近門口的位子。
餐廳是奶油黃的大理石地板，搭配相同顏色的壁紙；門扇和窗框則是漆成淡淡的苔綠色，整體裝潢十分時髦。畫框以相同間距掛在牆上，裱的是南義的鮮豔風景畫。
「海彥同學？」
由香里坐了很久還等不到海彥過來，狐疑地環視四周，發現海彥不知該拿有馬爺爺怎麼辦。從窗外也看得見的藝廊一角，放了幾本古老的書籍，老爺爺完全沉浸在那個角落，皮革封面與古老的紙張觸感完全擄獲了書店老闆的心。

由香里走到海彥身邊咬耳朵：「看來他們應該看不見老爺爺，你就先放任他一會吧？」

「嗯，真的沒關係嗎？」

「沒關係啦！他們好像都看不見。」

「如果看見了會很麻煩。」

一身主廚打扮的店老闆看到海彥坐下來，露出高興的表情。對方圓滾滾的臉蛋像是鼓起來的河豚，白色廚師帽下方的小眼睛在老師、由香里和海彥之間左右來回。

「你對古書有興趣嗎？」

「也算不上有興趣。」

海彥還在介意有馬爺爺，一直扭著身子向後看。

「這兩個孩子是你的學生嗎？」

「不是，他們是我在白妙東國中的朋友。」

星野老師微笑地向主廚介紹由香里和海彥。

如果老師看得見有馬爺爺的話……不過看來海彥是想太多了，星野老師和主廚的注意力都放在由香里和自己身上。

「這間餐廳的主廚跟我一樣喜歡西西里島，明明是西西里島同好，長得卻像河豚燈籠（譯註：用真的河豚所做成的燈籠。清除河豚肉，留下外皮，裡面塞入穎殼，用棒子延展外皮，日曬乾燥後取出穎殼即大功告成）。」

「西西里島？」

由香里和海彥同時望向主廚，兩人可以感受到站在藝廊角落的老爺爺也一起轉過頭來，一陣冰冷的風吹過餐廳。

另一方面，主廚看到兩個國中生對「西西里島」一詞有反應，似乎很開心。長得像河豚燈籠的主廚高興地摩擦雙手道：「西西里島的冰淇淋，吃法很特別喔。」說完之後，便去端來夾在甜麵包裡的冰淇淋，請由香里和海彥吃。

兩個人為查案四處奔波，正好口也渴了，冰涼的甜蜜滋味在口中擴散，就連心頭都涼了起來。

有馬爺爺溫柔地凝視吃得很高興的由香里和海彥。

雖然由香里和海彥有陰陽眼，卻不見得看得見所有過世的人，印入眼簾的淨是心有不甘，化為幽靈的人，但是被看見的幽靈卻和他們心靈相通。

如果秋川的靈魂還在人間徘徊，究竟會在哪裡呢？

「秋川先生過世了呢。」

「是啊，我也嚇了一跳，真是令人惋惜。」

原本笑咪咪的星野老師臉上也蒙上一層陰影。

由香里和海彥是因為秋川的一句話而去找星野老師，可以說是秋川串起了三人的緣分。原本對於秋川過世沒有確切感受的兩人，見到星野老師突然覺得死亡的不幸近在眼前。

4

沒吃到義式冰淇淋的阿島抱怨個不停，所以由香里一行人去肉鋪買可樂餅來吃。那家店的老闆據說是有馬爺爺的兒時玩伴。

肉鋪位於五叉路口商店街的北角，有人行道和一整排店面，比起五叉路一帶熱鬧多了。最重要的是去肉鋪買可樂餅吃才像是正常國中生的正常約會，由香里覺得放鬆多了。

「兩個豬肉可樂餅、一個南瓜可樂餅、一個牛肉可樂餅，讓您久等了。」

已經上了年紀的老闆把剛炸好的可樂餅一個個用紙袋包起來，交給客人。

「今天真是受你們照顧了，可樂餅就讓我來出錢吧，」

有馬爺爺邊說邊從口袋裡拿出摺起來的兩千圓。

「老爺爺，不行啦！這筆錢很重要，你要用來買回被偷走的書啊！」

生前會順手牽羊的阿島抱著和自己過去有關的全裸寫真集《Al dente的美梨華》對老爺爺說：「可樂餅就讓辣妹付吧！」

「為什麼！阿島你沒有遺產嗎？」

「當然沒有，就算有，死掉的人也不能動用啊，白癡。」

「那我來吧。」

推托之中，海彥拿出錢包。

心情大好的阿島想要拍拍海彥的肩膀，手掌卻又穿過海彥的身體，帶來一陣冷風，店裡有人說出「颳起秋風了呢」。

「看到你們，我就想起我們全家人都還健在時的往事，那時候我太太還活著，女兒也活著，兒子也還會帶媳婦回家，家裡總是吵吵嚷嚷，大家常常拌嘴，真的好熱鬧。」有馬爺爺感嘆地繼續往下說。後來女兒的身體變差，經常臥病在床，幸福的表皮就一層接著一層剝落，家裡氣氛也愈來愈沉重。

沉重的氣氛從樓上傳到一樓書店，客人因而不再上門。

兒子和媳婦也開始找藉口不回老家。

女兒比妻子早走一步，徹底絕望的妻子為了轉換心情而不斷購物。

「她不是買很貴的東西喔，只是馬鈴薯買了一袋又一袋，蔥也買得多到只能放著讓它爛掉，牛奶多到冰箱都放不下，還有用都用不完的清潔劑，然後還買了很多件喪服，也不知道要穿去誰的喪禮，結果她一次都還沒穿過，自己就先走了。」

「阿和啊，」炸可樂餅給由香里一行人的老老闆望向有馬爺爺，叫他「阿和」。有馬爺爺的全名是有馬和夫，所以老老闆是叫他的小名。

由香里、海彥和阿島瞬間改以眼神對話。

「這是怎麼一回事？」

「所以肉鋪爺爺有陰陽眼嗎？」

「還是他根本癡呆了？有馬爺爺已經死了吔，他們如果是朋友，肉鋪老闆應該還去參加過他的喪禮吧！」

有馬爺爺毫不在意三人的舉動，回應了肉鋪老闆「嗯」。

「阿和啊，你要知道，這世上沒有電視劇裡那種完美的家庭，每個人的人生都不一樣，你的人生跟我的人生相撞，就算是家人也會起衝突。」

肉鋪老闆開導起有馬爺爺。

「阿和啊你要知道，家人呢，得隨時關心，未雨綢繆，就像颱風來之前得先修好門窗。你放任家中的氣氛愈來愈沉重，什麼也沒做，最後才會落得如此。你是老闆應該明白吧？經營家庭跟做生意道理是一樣的。」

老老闆碎碎念個不停。從店面可以窺見後方的客廳，老闆娘和繼承肉鋪的兒子與媳婦在客廳相視而笑，傳來一句「老爹又在對年輕客人說些奇怪的話了」。

「不好意思，請給我一個豆腐漢堡。」

一個幼稚園年紀的小女孩打斷了老爺爺之間的對話。

小女孩身穿粉紅色的運動服，背著熊貓圖案的背包，就連看起來像是睡覺時壓到翹起來的頭髮都十分可愛。

「湖湖菜，好久不見呢，你來幫媽媽買菜嗎？」

老老闆丟著兒時玩伴不管，對小女孩展現親切的表情。他把豆腐漢堡放進塑膠盒裡，用橡皮筋綁好固定。

湖湖菜熟練地挺直背脊，把握在手心的零錢放在肉鋪櫃檯上。

「人家才不是來幫媽媽買菜，我就是媽媽。」

名叫湖湖菜的小女孩用力搖了搖一頭的自然捲。

「回家路上小心，不要掉了。」

湖湖菜接過豆腐漢堡，大聲地說「謝謝」，一下子就跑走了。

「小孩子真的是一下子就長大了，就連湖湖菜那麼小的孩子也已經會幫媽媽買東西了，真是了不起。」

「湖湖菜哪裡了不起啦？是她胸部很了不起呢？還是那裡呢？或是這裡呢？看起來是都很了不起啦。」

老闆娘開起黃腔損湖湖菜，老老闆看了一眼還是國中生的由香里和海彥，提醒老闆娘：「不要在小孩面前說這種話。」

「哎呀哎呀，不好意思。」

老闆娘為自己的輕率發言道歉，大手在臉前一揮，又突然繼續說下去，彷彿無法馬上關上的話閘子。

「湖湖菜十五年前的確是可愛的孩子，那時候她穿著粉紅色的凱蒂貓運動服，很適合她。」

「……」

由香里和海彥不禁面面相覷。

「這是怎麼一回事？」

「天知道。」

陳列商品的玻璃櫃上，還擺著那個叫湖湖菜的小女孩付的零錢，共是一枚五十圓和四枚十圓硬幣。有馬爺爺呆呆地盯著那些錢看。由香里也學老爺爺，心不在焉地數著那些沾了油汙，有點髒的零錢：一個、兩個……

（應該不會變成冥紙吧。）

老闆娘說的湖湖菜和在由香里等人面前買豆腐漢堡的湖湖菜，真的是同一個人嗎？

十五年前穿起凱蒂貓運動服很可愛的湖湖菜，現在已經是胸部跟這裡和那裡都長大到不好在國中生面前說的大人嗎？

所以由香里一行人剛剛看到的是十五年前的湖湖菜嗎？

「剛剛那個孩子是幽靈嗎？」

「我也在想一樣的事。」

「而且也說是十五年前。」

「十五年前正是大島先生不見的關鍵之年，有馬爺爺也是。」

由香里和海彥正在眼神交流之際，一旁大口吃豬肉可樂餅的有馬爺爺突然大叫一聲。

「喔喔喔！」

瞪大的眼睛中間是縮成黑點的瞳孔，張大的嘴巴看起來像是黑洞，彷彿通往不是人體的異世界。

害怕的由香里往後退，踩了海彥一腳。

「阿力！阿力！」

阿力似乎是肉鋪老闆的小名。

聽到兒時玩伴混亂的叫聲，肉鋪老闆也驚訝地從店裡走出來：「怎麼啦？怎麼啦？」

突然走來門口的老老闆把炸東西的工作交給老闆娘，老闆娘邊抱怨「真是的」，邊盯著丈夫移動的身影。

「阿力，聽我說，我這十五年來卡在胸口的疑問終於找到解答了，不對，與其說是找到解答不如說是終於想起來了。」

「阿和，你也太誇張了吧？」

肉鋪老闆苦笑著拍打有馬爺爺的手臂，手掌卻穿過了有馬爺爺的身體。

肉鋪老闆不可思議地盯著自己留有冰涼觸感的手心，有馬爺爺卻毫不在意地轉身面向由香里等人。

「各位，我終於想起心中的遺憾了！阿力啊！」

有馬爺爺衝向肉鋪老闆阿力。

「阿力，我以前不是跟你借了兩千圓嗎？就是十五年前在那家居酒屋喝酒的時候。」

「說什麼借，你那時候……」

十五年前，有馬爺爺跟兒時玩伴阿力一起在附近的居酒屋喝酒，有馬爺爺因為中風而昏倒，送進醫院之後就過世了。

燒酌三杯，九百圓；

烤沙丁魚丸，三百圓；

馬鈴薯沙拉，兩百五十圓；

生魚片，五百五十圓。

共計兩千圓。

「咦！」

阿島沉默了一會，突然大聲怒吼：「臭老頭，你裝模作樣說那兩千圓是為了買什麼西西里島的書，結果居然是吃霸王餐的錢！」

「我怎麼可能吃霸王餐，我是掛念著不能欠著阿力的酒錢就跑去西方極樂世界，心中一直抱著遺憾，大概是中風害的，心裡就只記得兩千圓，兩千圓，老是想不起來堵在胸口的那份遺憾究竟是為什麼。」

所以老爺爺才會在人世間徘徊了十五年。

他以前住的房子變空屋了，變菜包店、補習班、蛋糕店，最後又變成空屋。儘管歲月流逝，還是想不起來口袋裡的兩千圓究竟是為何而準備。

「你都死了，我哪能從你手上收下酒錢……咦？」

肉鋪老闆講到一半突然歪起頭來，陷入迷惘。他現在才想起剛剛說教的對象其實已經過世了。

「怎麼會這樣？阿和，難道你已經死了嗎？」

阿力爺爺伸出雙手，壓著自己的臉頰，慌張得不知所措。

「是啊，阿力，不好意思，出人頭地了才還你錢，還沒附利息。」

「什麼出人頭地，阿和，當幽靈算是哪門子的出人頭地啊？」

有馬爺爺把兩千圓放進阿力爺爺的圍裙口袋裡，身影慢慢變得透明。

「哪有人這樣啊？西西里島的書該怎麼辦呢？」

阿島揮動手上的《Al dente 的美梨華》對老爺爺怒吼。

老爺爺拍了一下已經變成半透明的手。

「啊，我想起來了，你們在找的最後一本書呢。」

「對啊。」

由香里一行人用求救的眼神看著老爺爺，如果現在不問，今生今世就無法解開這個謎團了，那可就真的會成為永遠的遺憾吧？

「那本書叫做《薩拉非亞的病歷》，不過找不到那本書也是理所當然的，因為……」

那本書是自費出版，原本發行數量就非常少。

「十五年前，《薩拉非亞的病歷》的作者來到書店，拜託我讓他寄賣。那本書探討西西里島特殊的喪禮型態，內容是很紮實，但以研究書籍來看，立論不足，當作一般讀物又過於沉重，實在不知道該拿它怎麼辦。」

老爺爺不記得曾賣出過《薩拉非亞的病歷》，某天盤點時發現不見了，那陣子店裡常被順手牽羊，老爺爺也想是被偷了，就認了，只是想不通究竟是什麼人會偷那種書呢？

「我很在意這件事，不知道為什麼就是很在意……」

有馬爺爺話還沒說完，身影就完全消失，前往妻子和女兒所在的天國。

如同青木先生所說，有馬爺爺的個性比較執著，肉鋪老闆一點也不在意他沒還那兩千圓，有馬爺爺卻突然變成幽靈跑來，搞得肉鋪老闆暈頭轉向。

「這兩千圓、兩千圓，真的是幽靈給我的嗎？」

老闆娘和媳婦看老老闆念著早在十五年前就過世的兒時玩伴，都笑著說：「老爹年紀大了，大中午就在說夢話。」

不不不，阿力爺爺不是在說夢話喔——由香里和海彥看了看對方，心想有些事情還是不說為妙。

海彥在湖湖菜放的九十圓之上，放了四枚百圓硬幣。

「有馬爺爺，一百圓……」

海彥正想說「當作我借你」，但是一想到有馬爺爺可能會因此跑回來，趕緊嚥下這句話。

「一百圓算我請您的。」

說完之後，海彥把《薩拉非亞的病歷》記在學生手冊上。

「柴田家的生日蛋糕之謎——第六根蠟燭一直點不著的謎團還沒解決。」

由香里說，海彥出乎意料地開心點頭。

「青木先生說過蠟燭之謎也很急，所以我們還有事情要辦。」

明明天氣很熱，眼前卻已經是秋天的天空。由香里覺得好像看到老爺爺身穿灰色毛衣和褲子，揮著汗升天的模樣。

「有馬爺爺真是個糊塗的人。」

由香里這麼說，海彥和阿島也一起雙手抱胸點頭。

第三章　小媽媽

1

從站前圓環往大馬路走，馬上就能看見甜甜圈店。因店名甜蜜又冗長，當地人從以前就擅自簡稱為「站前甜甜圈」。

這天，由香里開口邀請海彥：「放學後要不要一起去站前甜甜圈看書，準備期中考呢？」

那時候大家正從理科教室趕著回教室去換體育服，好上下一節的體育課。

「放學後是指今天嗎？」

面對不知何時來到身邊的由香里，海彥慌張地回問。

「對，今天，一起去站前甜甜圈念書吧！」

為何由香里會想一起去念書呢？這是因為兩人陷入進退兩難的困境。

海彥自從來到黃昏偵探社幫忙之後，和由香里在一起就不再臉紅了。

他們的同班同學不知道有臨時少年靈異偵探隊這回事，看到由香里經常和海彥走在一起，不少人嫉妒地誤會兩人正在交往，讓由香里心情大好。然而進一步來說，對海彥而言，由香里可能是全校「最不覺得是女生的女生」，一想到這點，由香里便害怕到坐立不安。

既然如此，就要求海彥做一件可能會讓他困擾的事情，測試楠本由香里在他心中的地位吧，所以由香里才會邀海彥「放學後要不要一起去站前甜甜圈看書，準備期中考呢？」

「呃，一起念書嗎？哇，這，好、好、好啊！」

海彥臉紅到好像身體裡產生了什麼化學反應，接著又為了抑制化學反應而變得更紅。

（吔！）

雖然不知道能不能高興，至少不必太悲觀。

興奮的由香里上體育課時，一直期盼放學時間。

心不在焉的海彥在打壘球時不斷犯下漏接等失誤。

＊

站前甜甜圈二樓中央的大桌子，圍坐著一群華麗的女性。

她們剛好坐滿十人座的大桌子，每個人都穿著類似的休閒服裝，搭配成最適合自己的樣子。最厲害的是沒有一個人顯眼得奇怪，卻也不會重複，眾人保持了絕佳的平衡。

這是選美小姐的同學會還是模特兒的聚會嗎？由香里從傳進耳裡的對話發現她們應該是一群因為孩子而認識的媽媽，她們的小孩都是附近幼稚園的學生。

「母親也是會隨著時代進化呢。」

由香里找到背對大桌子的靠窗位子，小聲地對海彥說。她拿出英文字典，接著卻拿出數學筆記，由此可見她的注意力完全沒放在念書上，才會完全沒發現自己拿錯筆記。

「……」

海彥在這群俏麗的媽媽們所營造的華麗氣氛之下陷入缺氧狀態，店裡甜滋滋的味道更加讓他呼吸困難。

至於由香里則是對這群媽媽的對話感到有趣，忍不住一直偷聽。她們聊先生、小孩、打工、時尚，閒聊當中穿插了一件令人不可思議的事情。

「聽我說，前一陣子我的靈魂離開身體吔！」

「靈魂出竅？」

「那天早上我睏得不得了，可是前一天跟我們家寶貝約好要做卡通便當給他，就是那個熊貓跟兔子親親的圖案。」

「做便當還要兼顧營養跟可愛，真是整死人了，對吧？」

「是啊，但是那天早上的問題不在於便當，重點是我怎麼樣都起不來。我一直想著我一定要起來，可是好睏，一定要起來，可是好睏，大概抱著枕頭五分鐘吧，突然發現我看得見抱著枕頭在睡覺的自己，差不多是飄在距離棉被十公分高的地方。」

「也就是說你睡著的身體跟覺得一定要醒來的靈魂是分開的嗎？」

「真的假的？」

（真的假的？）

吃著甜甜圈的由香里停止咀嚼，看了一下隔壁，發現海彥也含著冰咖啡的吸管靜止不動，雖然緊張得全身僵硬，注意力卻集中在耳朵上。

「然後呢？」

「我當然是很慌張啊，慌張到我整個人都醒過來了。」

「然後呢？然後呢？」

「我就起床去做便當了。」

「什麼嘛！」

一陣「什麼嘛」的歡笑聲結束之後，身材像模特兒的黑髮媽媽放下翹起的腿，環視眾人。

「我們家也發生了奇怪的事喔，之前我們家老大生日，買回來的蛋糕啊，就只有第六根蠟燭怎麼點也點不起來。換了好幾次蠟燭，也還是點不起來。還有我們不是故意要拍的，可是你們看……」

黑髮媽媽拿出列印出來的照片給大家看。

「唉呀！這不是靈異照片嗎？」

其中一個媽媽突然拔高聲線，另一位媽媽馬上提醒她。

「噓，太大聲了。」

由香里和海彥已徹底忘記兩人在約會，注意力完全放在媽媽們的談話上。

慶祝六歲生日的蛋糕，就只有第六根蠟燭點不起來。

（看來，我們得趕快解決第六根蠟燭的謎團才行。）

當下，彷彿是出於奇怪的神明的旨意，這群媽媽在由香里和海彥背後興奮討論著與他們的使命相關的話題。

「我家也發生了一樣的事。」

「好可怕，其實我家也是。」

媽媽們面面相覷，一起說「好可怕喔」。

青木先生斷定是靈異現象的第六根蠟燭之謎，成為媽媽們炒熱氣氛的話題。

（好想摻一腳喔。）

但是這種時候跑去插嘴，一定會被當作奇怪的國中生。

正當由香里拚命按捺想湊過去的衝動時，頭上突然緩緩飄下一張照片，正是隔壁大桌子的客人輪流傳閱的靈異照片。照片拍出了由香里和海彥想要確認的點不著的第六根蠟燭現象，兩人又驚又喜。

後面的媽媽們一陣騷動：「唉呀，照片不見了。」

「喂，你們居然在約會！」

眨了眨眼睛，發現阿島坐在空著的椅子上，擅自拿起海彥的冰咖啡來喝。

「阿島幹得好。」

由香里用課本擋住眾人視線，偷看那張靈異照片。

「這的確是靈異照片，桌角邊上可以看到一個半透明的小孩。」

湊過來看的海彥指著照片裡唯一點不起來的蠟燭附近，有個半透明的人影朝擺滿食物的桌子探出身子來，那是一個小女孩身影，看起來跟慶生會主角的小男生年齡差不多，但是身形比小男生纖細。

「咦？這不是湖湖菜嗎？就是上次去阿力爺爺的肉鋪買東西的那個湖湖菜啊！」

「這小孩以前也會跑來白妙東國中玩。」

阿島的話讓兩人大感意外。

「咦？以前是什麼時候？她去學校的哪裡？在學校做什麼？」

「以前是指十五年前嗎？」

「嗯，她大概是鑰匙兒童，會趁放學後跑來我們學校，常常站在走廊看中庭。」

「中庭是指秋川福巳打造的秋星之庭嗎？」

「是又如何呢？」

一聽到秋川的名字，阿島馬上就變得不高興。通常這時候，他一定會突然消失，有時是真的跑去其他地方，有時就只是躲在附近，以為他不在而說他壞話被聽到的話，又會一直記恨。

「你們的照片掉了。」

由香里把慶生會的靈異照片拿去還給黑髮媽媽。

2

由香里本來想在站前甜甜圈約會，沒想到靈異照片的出現將氣氛整個都破壞了。不過大概是平常積了功德吧，約會雖然失敗，隔天回家路上，由香里竟然發現海彥走在前面，她抱緊書包，衝去追海彥。海彥的腳步迅速又大步，害得由香里氣喘吁吁，儘管跑得如此辛苦，還是在橫跨商店街的十字路口追上。

「咦，楠本同學，你用跑的過來嗎？」

（對啊，為了追上你。）

氣喘吁吁的由香里一時半刻說不出話來，變成綠燈時卻突然伸長手臂，指向商店街北側。

「我們去阿力爺爺的肉鋪買可樂餅吃吧！」

「好……」

海彥還沒說完，兩人之間突然冒出一陣冷風。

「嗯？」

兩人彼此相望，才發現中間就站著跟平常一樣標準不良少年打扮的幽靈——阿島。

「討厭啦！阿島，不要突然跑出來，嚇死人了。」

「這樣對心臟不好。」

阿島無視於由香里和海彥的抱怨，舉起右手說：「我贊成去吃可樂餅！」

明明是兩人的小約會，卻變成跟幽靈一起去買點心吃。偏偏阿島又走在兩人中間，看在沒有陰陽眼的旁人眼中像是害羞的國中情侶不好意思靠近，偶爾也會出現不識相的人騎著腳踏車穿過兩人中間，穿越阿島時便會感到一股強烈的寒意。

「嗚哇！」

阿島看到對方冷到縮起脖子的背影便高興得像小孩似的，兩名國中生看了直搖頭。

「請問有人在嗎？」

還不到傍晚熱賣之時，阿力爺爺的肉鋪門可羅雀。

「這裡的可樂餅很好吃呢。」

阿島打定主意等人請客。

「最近湖湖菜還會來買菜嗎？」

由香里點了三人分的可樂餅之後，若無其事地詢問。

「那孩子大概幾歲啊？」

「五歲還是六歲吧？」

阿力爺爺回答之後又露出有點駭人的表情說：「就連你們都當我是癡呆老人嗎？」

今天老闆娘跟阿力爺爺的兒子夫婦都不在家。老闆娘去參加文化教室的聚餐，兒子和媳婦說要增進感情，一起去打柏青哥。

「我也想去打柏青哥，辣妹，借我錢。」

「本人嚴正拒絕。」
「去打柏青哥好增進感情，聽起來真是莫名其妙。我老婆則是去文化教室學些不錯的才藝。」
阿力爺爺特地邀請由香里一行人進到店裡來，掀起店面和客廳之間的門簾，可以看到已使用多年的沙發背後掛著老闆娘做的大型拼布掛飾。
「哇！好美喔，我最喜歡手工藝了。」
「是嗎？我老婆也算是做得不錯。」
阿力爺爺心情好，接著炫耀起牆上的照片。
「這是商店街舉辦祭典時拍的照片。」
據說舉辦祭典的這二十年來，每年都會拍團體照紀念。從相框上都沒有炸東西時噴上的油汙和成排的照片，可以看得出阿力爺爺對這些照片的重視。
「你們看，這張扮裝的團體照很好笑吧！」
由香里三人吃著可樂餅，邊欣賞每一張祭典的紀念照。
「話說回來，你跟這兩個孩子是什麼關係？」

阿力爺爺對著阿島問。他的眼神十分險峻，一定是阿島看起來就是個小混混，且已是堂堂大人，居然讓由香里請客，惹得老爺爺不高興吧。

「我的肉鋪不允許有人恐嚇喔。」

「老闆，你是在說雙關語嗎？（譯註：日文「恐嚇」和「炸豬排」的發音相同）」阿島放聲大笑。

「老闆啊，你誤會我了，我可是少數理解這孩子的人喔。」

阿島抱住海彥的肩膀。

「理解這孩子是什麼意思？」

阿力爺爺一副不相信的樣子，於是阿島就把海彥暫時停練棒球的事情都說了出來。

「老闆，你也說點話安慰這孩子吧！他因為老爸對他說有些有的沒的，氣到暫停社團活動，再這樣下去，他的棒球人生就要完了。」

「海彥，玩社團沒關係，但是你也差不多到了該決定將來的時候了。認真打棒球可以讓老師為你在推甄資料上加分，也算好事，不過只能打到國二喔。」海彥拿到夏季大賽亞軍那天，父親對他這麼說。

「大島先生，你為什麼會知道這件事？」

「沒有什麼事情是可以瞞著我的。」

阿島送來意味深長的秋波，繼續說下去。

「所以小海是因為得不到父親讚美而鬧彆扭。」

「事情才不是鬧彆扭那麼簡單。」

明明獲得區域賽亞軍的好名次，父親卻把棒球當作推甄加分的工具，害得海彥光是握住球，父親的那番話就會湧上心頭；每次想起來，一股怒意便直衝腦門，海彥覺得發起脾氣的自己很可怕，弄得最後因而無法打球。每當想起棒球，心情就像乾不了的傷口般抽痛，那份疼痛比無法理解海彥為何停練的隊友所揍過來的拳頭還要痛。

「少年，你太天真了。」

阿力爺爺緩緩開口：「不管是棒球還是其他事情，勸你不要執著於一定要獲得父母的認同。就算其他人認同你，父母通常很難認同孩子付出的辛勞。」

「咦？」

「譬如說，你很努力當上了職棒選手，然後又更努力拿到了當月MVP，還娶了美女主播當老婆，一開始你父親可能會說你幹得好，但是等到他習慣了世人的讚美，一定會說：『我真希望我兒子當個普通的上班族，娶個普通的老婆就好，這才是為人父母真正的幸福啊。』」

「反過來說，不是在說我不孝嗎？」

「被這麼說，一定會很氣餒吧。」

阿力爺爺真是說教高手，不僅老實的海彥和由香里，就連不良青年阿島都聽得津津有味。

「為了父母壓抑自己，放棄自己的人生，之後才來抱怨是沒有意義的。當你變成老爺爺，把對人生的不滿都怪罪在父母身上，這時他們早就已經逃去天堂了，而且他們到了天堂還深信自己做的一切都是為孩子好，向老天爺報告自己做得很好，還領個天堂MVP。」

「老闆，所以你也不認同你兒子嗎？」

「我認同我兒子啊，畢竟他還沒超越我，要認同比較容易。」

「可以臉不紅氣不喘地說出這種話，老闆您也是不簡單呢！」

「是嗎？」

阿力爺爺害羞了起來。

由香里感動之際，卻在剛剛看過的祭典照片中發現一名小女孩，嚇了一跳。小女孩應該是不經意地被拍到，她身上披著過大的日式外套，滿臉笑容。

「一九九九年商店街春季祭典？」

由香里腦中浮現在站前甜甜圈時看到的靈異照片。

「喂，海彥同學，這個小女生不是湖湖菜嗎？」

「真的吔，真的是那個小女孩，不過這張照片跟靈異照片不一樣，臉上有笑容。」

參加商店街祭典的湖湖菜有些靦腆，看起來就跟一般的孩子沒兩樣，然而靈異照片裡的她不但身體是半透明的，整體氣氛也很陰沉；用力嘟起嘴巴，朝第六根蠟燭拚命吹氣的表情實在嚇人。

（阿島有時候也會嘆氣。）

也許幽靈的呼吸具有特別的意義。

由香里如是想的同時，聽到熟悉的聲音，嚇得她發出小聲的哀號。

「請給我一個豆腐漢堡。」

阿力爺爺也沒多想地說：「哦，是湖湖菜，這些大哥哥大姊姊們正好提到你呢。」

「我？」

湖湖菜眼睛往上瞟，看不出表情。

這孩子是活人呢，還是十五年前死去的小孩幽靈呢？

由香里想到這裡一陣緊張，忍不住在阿力爺爺面前開口問湖湖菜：「湖湖菜，你知道今天是幾年幾月幾日嗎？」

「喂喂喂，小姐。」阿力爺爺一臉困惑，想幫湖湖菜，卻被由香里以眼神阻止。

「今天是幾年幾月幾日呢？」

「今天是一九九九年十月十四日。」

湖湖菜回答時，仰頭看由香里，彷彿在揣摩她的心思。

「明天是幾日呢？」海彥的口氣有些畏縮。

「明天是一九九九年十月十四日。」

「小朋友，那後天呢？」接著繼續問的阿島，露出和湖湖菜相同的表情。

那張臉介於警戒與不安之間，無法理解這究竟是怎麼一回事，不知道能不能相信眼前的這個人，或是應該要對其嚴加戒備。

「後天是一九九九年十月十四日啊。」

「喂，這是什麼遊戲嗎？」

在緊張的氣氛中，阿力爺爺像是聽到聽不懂的笑話般，笑得很勉強。

湖湖菜則一臉不高興地拿著裝了豆腐漢堡的塑膠盒，跑向巷子的另一頭。

*

由香里一行人跟在湖湖菜後面追著。

從肉鋪所在的商店街朝南邊走，進入五叉路中最小的一條路，穿過兒童公園，走過當地居民集會場所的屋簷下，眼前出現一整排小小的平房，湖湖菜走進了其中一間。那間房子的信箱上貼了寫著「須藤」的紙條。

湖湖菜不知道是開門進去還是直接穿門進屋，由香里一行人想盡辦法要看到這一幕卻還是錯過了，因為在進門前的一瞬間，湖湖菜回頭一看，嚇得他們躲在水泥磚圍牆後面。

若是摁門鈴，向來開門的人說「你家有個幽靈小女孩跑進去」一定會被當作是神經病。

「要不要繞到後面去看看？」

「就這麼辦吧！」

玄關到中庭之間，長滿雜草，草高及膝，走進去需要一點勇氣。

「嘿呀！」

海彥下定決心，先行踏出腳步，由香里則跟在他後面。

秋天的昆蟲躲在草叢裡大聲合唱，海彥和由香里每走一步，野草就冒出更重的味道。阿島雖然一起走在草叢裡，雜草卻紋風不動，這番光景比平常看起來更加詭異。

好不容易走到狹窄的中庭，那裡也布滿了恣意生長的雜草。

中庭裡隨意擺放了洗衣機和煤油暖爐等老舊的家電。由香里一行人靈巧地穿梭在家電用品之間，走近玻璃窗，幸運的是他們前進的方向正是客廳。

由香里和海彥，不知道為什麼連阿島也一起躲在院子裡偷看須藤家。湖湖菜的確在這裡，把剛買來的豆腐漢堡挪到小碗裡壓碎。

「？」

一名女子——不知道她看不看得見湖湖菜，須藤小姐正坐在化妝台前，忙著化妝，但那與其說是化妝……

海彥抑制不住地驚呼：「哇！好了不得的化妝技術。」

阿島則是用古老的比喻「性感小妖精」，還說了聲「咻」代替吹口哨。

「嗯，真是不得了。」

讓瞳孔變大的藍色隱形眼鏡使得不可能出現在黃種人身上的一頭金色變得莫名適合。女子從眼頭到眼尾畫上粗粗的眼線，黏上長長的假睫毛，再以指尖往下壓好做出眼尾下垂的效果。

「這也化得太誇張了，一看就知道很奇怪。」

淡雅的素顏在人工技術打造之下，化身為卡通人物。雖然這妝容誇張到奇怪的地步，但化完妝的女子倒也挺可愛。

「嗯，就是一副打扮得一絲不苟的感覺。」

「嗚哇！」

當他們竊竊私語時，須藤小姐突然脫下身上的襯衫，只剩內衣。

由香里嚇了一跳，趕緊蹲下來；海彥則像躲避觸身球一樣，壓低身子，只有阿島興奮不已地說「心頭小鹿亂撞咧」，颳起一陣寒風。

「嚇死我了。」

由香里和海彥重新打起精神，再次窺視，發現女子不知何時已經換好衣服，她身穿大圓點的上衣搭配相同圖案的迷你裙，緩緩起身。她的腳邊是一地的零食包裝，宛如一片色彩繽紛的雲海。無論是矮桌上還是嬰兒床裡，全都散落著吃完的零食空袋子。

「家裡有小寶寶。」

小嬰兒沒有發出哭聲，在嬰兒床裡蠕動。

「那個人看也不看小寶寶。」

湖湖菜代替對嬰兒毫不關心的母親，待在嬰兒床邊。須藤小姐似乎看不見湖湖菜，她走過去要拿掛在帽架上的包包時，差一點就撞上湖湖菜。

（危險！）

是會擦身而過呢？還是會撞上？

由香里一行人緊張地睜大眼睛看著，湖湖菜敏捷地擦身而過。就算小嬰兒開始鬧脾氣，女子卻連看也不看。湖湖菜抱起小嬰兒，熟練地餵起豆腐漢堡。

「以前有個故事，女鬼在棺材裡生了小孩，每天晚上去買麥芽糖，賣麥芽糖的商人覺得很奇怪，於是尾隨在她身後，發現她消失在墳墓中。商人把棺材挖出來，結果找到用麥芽糖養大的小嬰兒。」

「喂喂喂！小海，好可怕，不要再說了。」

海彥想說的是湖湖菜代替放棄育兒的須藤小姐，每天買豆腐漢堡餵小孩。

說不定湖湖菜也是須藤小姐放棄育兒之下犧牲的小孩，為了避免弟弟或妹妹遭遇相同下場，所以竭盡所能代替母親照顧著。

（嗯？哪裡怪怪的。）

年齡停留在十五年前的湖湖菜，跑去其他孩子的生日派對惡作劇，或是去白妙東國中的中庭玩耍；另一方面，看起來像是小嬰兒母親的須藤小姐，推測應該只有二十歲左右。如果湖湖菜還是活著的話，十五年後大概就是須藤小姐的年紀。

正當由香里思索時，須藤小姐踩過滿地垃圾，走出房間，消失在一直開著不關的紙門後方。

「她要走出來了。」

海彥說完便大步踩過雜草，回到院子角落。

須藤家是方正的長方形，躲在院子角落就能一路看到玄關。如同海彥預想，過了差不多是走過走廊的時間，須藤小姐便出現在大門外。

「走吧，海彥同學，現在正是該好好教訓須藤小姐的時候。」

由香里志氣高昂地望向海彥，卻發現他滿臉通紅地往後退。

「那換我去吧，這個性感小妖精。」

阿島用早已退流行的字形容須藤小姐後便想積極行動，由香里和海彥趕緊阻止他。但是阿島畢竟是遊魂，想抓住他，雙手也只會穿過他的身體，再加上性感小妖精又走得非常快，一出路口就搭上計程車，為了追上她，由香里等人也只好攔下計程車。

最後須藤小姐走進燈火通明的紅燈區。追趕須藤小姐的由香里和海彥走到某一棟過於炫目的大樓後門便停下腳步，那裡正是所謂酒店的後門。

「喂！這裡不是你們這種小孩該來的地方，接下來就交給我吧！」

阿島挺起胸膛說完之後，便穿過由香里和海彥想要阻止他的手和後門，進入建築物中。啞口無言的兩人眼睜睜看著阿島消失，只能站在後門前重新思考。

「怎麼辦？接下來的事真的都交給阿島嗎？」

「當然不行，阿島再怎麼樣都不值得完全信賴，而且又是幽靈。」

「那要進去嗎？」

「我們不是這裡的工作人員，從後門進去不好吧？」

「對啊，那我們從正門口進去吧！」

「我覺得從正門進去也不太好。」

慌張失措的兩人完全忘記還有改天去拜訪須藤小姐這個選項，戰戰兢兢地走到正門口。

變裝酒店「卡通風」。類似彩繪玻璃的自動門上繪製了卡通的女主角圖案，這扇門的背後究竟是什麼樣的世界在等著由香里和海彥呢？

「呃，不好意思打擾了。」

自動門似乎非常老舊，發出吱吱嘎嘎的聲響，緩緩打開。

「喂！你們在這裡做什麼？」

身後傳來男子的怒吼聲。

「咦？」

正當由香里和海彥要走進青少年不宜的大樓時，不幸被正在巡邏的派出所員警抓去輔導。

3

楠本觀光集團嫡系的子孫居然受到警方輔導，在什麼事情都喜歡誇大的楠本家，自然是上下一陣騷動。

祖母大人打電話給所有親戚，召集律師要把由香里從「監獄」裡救出來，又要直接去警署找高層談判。母親由於大受打擊而哭個不停，父親為了阻止祖母而閃到腰。

「一切都是因為你變成了不良少女，被警察抓去輔導所致。」

祖母惡狠狠地瞪了由香里，派人二十四小時監視引起騷動的孫女，因此由香里接下來好一陣子上下學都得搭家裡的黑頭車。

「楠本同學家搞得好像辦慶典般熱鬧呢。」

由香里打了好幾次電話，才終於聯絡到海彥，他的聲音聽起來很是憔悴。

「海彥同學好像也很辛苦呢。」

「還好啦。」

海彥自暴自棄地說，說完連他本人都慌慌張張打起精神來。

「不過我覺得我們不能丟著那個人不管。」

「雖然不能丟著不管，可是也不想跟大人告狀。」

「我也是這麼想，明天我再去她家看看吧。」

「我也一起去。」

「可是你祖母的眼線會一直監視你吧？」

「我會想辦法的。」

狠狠教訓須藤小姐，對海彥來說，負擔實在太重了。然而由香里要擺脫家人的監視，也是極為困難的工程。

一到了放學時間，祖母派來如警察偵察車的黑頭車就等在校門口，由香里只能像涉嫌重大犯罪的嫌犯般被押進後座，車裡播放音量輕柔如空氣的莫札特，柔和的音樂卻像蠶絲勒緊由香里的心，不過真正勒緊由香里的應該是一直緊盯著她的祖母本人。

「國中生居然跑去紅燈區夜遊。」

「祖母大人，我是有原因的。」

由香里使出渾身解數裝出無辜的模樣，祖母卻毫不領情。

「不准找藉口。」

「是。」

由香里覺得好像在後照鏡裡看到阿島，不過應該是錯覺吧。

祖孫倆不自覺地跟著長笛的旋律哼了起來，發現彼此都在哼歌時，不禁四目相對。

「莫，莫札特的曲子很開朗，真好聽。」

「是啊，特別是孫女學壞時聽了格外安慰人心。」

「我沒有學壞。」

車內的氣氛僵又沉重。由香里為了轉移就要窒息的心情，望向窗外。離開學校沒多久，祖母的座車便駛離由香里平常上學的路，由香里因而意外發現這一帶的地緣關係。

（咦？這裡是 Ristorante Cappuccino）

Ristorante Cappuccino 是星野老師的西西里島同好所開的義大利餐廳。

車子從餐廳旁邊繞到正面，朝北邊開去。

「給餐廳取名叫 Cappuccino 真是奇怪，是卡布奇諾特別好喝嗎？」

祖母的感想跟之前看到店名的由香里一樣。

先不管這個，原來 Ristorante Cappuccino 跟白妙東國中中間不過夾了學校中庭，由香里覺得自己好像中了什麼計，一陣恍惚。她想起小學時常常穿過別人家屋簷下或是空地，結果發現自己走到出乎意料的地方，那時候她叫這種遊戲「曲速前進」。祖母誇張的黑頭車也在由香里沒來過的大馬路上曲速前進了一次，不知不覺就到家了。

「挫折是青春的必修學分——你如果是高中生，我會這麼對你說，但你現在是國中生，還是小孩子，就給我安分一陣子。」

「祖母大人，但是我沒有什麼挫折啊。」

「你這孩子真愛狡辯！」

祖母怒罵一聲，就把由香里交給在門口待命的母親。

「美穗子，這孩子走進房間之前，都不能離開你的視線。我說夠了之前，由香里都得禁足。」

「母親大人，遵命。」

母親的語氣像在演古裝劇。

由香里和母親站在門口，一路目送祖母搭黑頭車回公司，直到再也看不到車子。

「母親大人可是重要的會議開到一半先暫停，特別去接你的喔！」

「那一定不是什麼重要的會議。」

「你又再說這種話。」

母親打開大門，推著由香里的背，把她趕進家裡。

「你可不要胡鬧，從窗戶偷溜出去之類的。」

「我才不會做那種事。」

由香里拿著母親剛烤好的泡芙，走上二樓房間，卻發現了意外的訪客。

「這麼早就回家了？小鬼的自由時間居然這麼多，實在太過分了。」

坐在書桌前椅子上，轉過身面對由香里的原來是青木先生，而且他居然還穿著她的洋裝，無視於目瞪口呆的由香里，伸手去拿她手上的泡芙。

「居然還有好吃的東西。」

「青木先生你為什麼，又是怎麼進到我房間的？」

「我想你祖母一定會懲罰遭到警察輔導的孫女禁足啊！」

青木先生穿著由香里的衣服，呵呵笑著，實在讓人不舒服。

「等一下，青木先生，把我的衣服還來，你穿成這樣實在太噁心了。」

「你說什麼？我可是來當你的替身呢！」

「替身？」

青木先生故意歪著脖子，學由香里的聲音說：「海彥，我喜歡你。」

「喂！青木先生，你為什麼知道我喜歡海彥？你一定偷看了我寫在合約上的心願對吧？」

「我怎麼可能做出那種事？你在想什麼，我一看就知道了。本來以為你跟狐狸一樣狡猾，結果真遇上事情的時候，還不是這麼容易摸透。」

「可惡！真不甘心！是說青木先生你為什麼會學我的聲音？」

「這不過是我的一點小才藝。」

青木先生從由香里手上拿走泡芙，下巴比了比窗戶。

由香里看到陽台上掛了繩梯。

「你放學後不是要幫偵探社打工嗎？」

「青木先生明明也有偵探社的工作。」

「我就是不想做，才會來你家啊。」

青木先生一副事不干己的模樣，揮揮手要由香里快點走。

「等一下，你出去之前先去端杯茶給我，紅茶或是煎茶都可以。」

*

湖湖菜住的家，氣氛冰冷到令人悲傷的地步。

鄰居的門口和院子裡擺了小孩的三輪車、冬天用的雪胎，種了花或蔬菜的花壇，十分熱鬧，湖湖菜家卻連曬衣架都沒有。明明家中有小嬰兒，卻不覺得有人住，房子外面丟了巨大垃圾，裡面遍地都是零食的空袋子。

（這樣真的沒問題嗎？）

由香里跟上次來時一樣，從院子偷窺房子內部，心想：雖然我們不想跟大人告狀，然而湖湖菜的家庭狀況並不是雞婆的國中生就能解決。正當她拿出手機想求救時，發現手機出現簡訊通知，寄件人是海彥。

「我和阿島一起尾隨『那個人』，她走進了美甲沙龍一直沒出來，我在外面等到有點無聊了。大島先生明明是幽靈，卻對路過的女生搭訕。楠本同學家的情況又是如何呢？如果你能出門，麻煩去一下『那個人』家裡，她家的小寶寶好像生病了。」

（小寶寶生病了？）

由香里從庭院的玻璃窗窺視房屋內部，正好和抬起頭的湖湖菜對上眼。平常總是冷冰冰的湖湖菜今天卻直直地看著由香里，似乎在求救。她一臉嚴肅地跑向由香里。

「呃，小寶寶還好嗎？」

由香里終於開口問湖湖菜，就像跟活人說話一樣。

「龍太燒都不退，過來。」

「嗯。」

由香里在湖湖菜的催促之下走進屋內，跑向嬰兒床，途中好幾次差點被地上滿滿的零食袋絆倒。

有點變瘦的小嬰兒紅著一張臉在睡覺，張著嘴喘氣的模樣叫人擔心。

「那個人帶小寶寶去看過醫生了嗎？」

由香里一問，湖湖菜搖搖她一頭自然捲的頭髮。無論湖湖菜多麼剛強，也沒辦法自己一個人帶小孩去看醫生，不僅是因為湖湖菜本身是小孩，更重要的是大部分的人根本看不見她。

「你聯絡到媽媽了嗎？」

「人家就是媽媽啊！」

就連這種時候，湖湖菜還是憤怒地堅持自己就是母親。

廚房的水槽孤零零地擱著湖湖菜常去肉鋪買來的豆腐漢堡，龍太幾乎沒吃幾口。

「大姊姊，人家該怎麼辦？」

見義不為，無勇也。

平常老愛惡作劇的幽靈湖湖菜想照顧這孩子的心情就跟現在由香里的感受一樣吧？

由香里邊尋找家中的時鐘，邊說：「趁醫院還開的時候去給醫生看吧！」

不知為何，家裡一個時鐘也找不到。由香里看著窗外夕陽西斜的程度，拿出手機確認時間。

下午四點五十二分。

「平常都去哪裡看醫生？診療卡或是健保卡在哪呢？」

面對由香里快如機關槍的發問，湖湖菜馬上翻找家中各處。

「喂，湖湖菜，跟大姊姊說實話，你真的不是這小孩的姊姊嗎？」

「人家是媽媽！」

湖湖菜凶悍地回答，並拿出健保卡和嬰幼兒醫療健保卡等證件。

「好好好，接下來就是去醫院了。」

由香里用地圖APP尋找附近的醫院，抱起嬰兒。

（哇，小寶寶原來這麼重。）

不僅如此，小嬰兒還在由香里懷裡扭來扭去，全身散發高於正常體溫許多的熱氣。由香里不禁心痛了起來。

*

小嬰兒——須藤龍太小朋友得了支氣管炎。他一直扭來扭去又哇哇大哭，打點滴時可以說是不高興到了極點，一腳踢開醫生，揍了護士一拳，看到候診室坐在隔壁的人則怕生到不行。

「你們的媽媽呢？」

無論是醫生、護士還是候診室坐在隔壁的人，大家都覺得不可思議。國中生帶小嬰兒來看病的確很奇怪，但他們要是知道真正的監護人是個他們看不見的小孩，不知道又會是什麼反應。

「我媽在上班。」

由香里這時候擺出青春期少女鬧彆扭的態度。

「還這麼小就知道要跟姊姊一起照顧弟弟，好乖喔。」

在候診室一起等待的大嬸，明顯是在對湖湖菜說話。原來這裡也有看得到幽靈的人。大嬸看來跟阿力爺爺一樣，壓根也沒想到湖湖菜其實是幽靈。

「因為湖湖菜是媽媽，什麼都知道喔！像是有嬰幼兒醫療健保卡（譯註：

日本地方政府補助嬰幼兒醫療費用的制度，補助金額依地區而有所不同），看病就不用錢。」

「嬰幼兒醫療健保卡？咦？有卡就不用錢嗎？」

由香里等了一會，結帳的窗口把處方箋、健保卡和嬰幼兒醫療健保卡一起拿給她，還告訴她不需要付錢，真的就如湖湖菜說的。

「湖湖菜年紀雖小，可是跟真的媽媽一樣。」

「因為人家是媽媽啊！」

湖湖菜一副小大人的口氣，轉頭看向坐在候診室的大嬸。

「我們回家吧！」由香里假裝對龍太說話，其實是跟湖湖菜講話。

「掰掰。」

「嗯，掰掰。」

大嬸和湖湖菜彼此微笑道別。

由香里環視四周，邊舉起龍太圓滾滾的小手，做出「掰掰」的動作。正在發脾氣的龍太抬起圓滾滾的小腳，踹了由香里的肚子一腳，然而胖嘟嘟的可愛模樣卻讓由香里忘了所有辛苦。

＊

由香里一行人前往藥局，把處方箋交給藥劑師，抱著龍太，不自覺地看了一下健保卡，寫在正中央下方的一排小字吸引了她的注意。

戶長名　須藤湖湖菜

「咦？」正要把健保卡放回包包中的由香里停下動作。

這是怎麼一回事？

（戶長是須藤湖湖菜？這到底是怎麼回事？）

放在高處的電視傳來搞笑節目的聲音，聽在由香里耳裡變成一陣嗡嗡聲。

肉鋪老闆阿力爺爺說過：「就連湖湖菜那麼小的孩子也學會幫媽媽買東西了，真是了不起。」但是老闆娘卻說：「湖湖菜十五年前的確是可愛的孩子。」

阿力爺爺有陰陽眼；另外，說起來有點失禮，又只有特定的時候才會癡呆，惹來家人訕笑。

（也就是說……）

老闆娘說的話並沒有錯，十五年前拍的祭典團體照裡的那個孩子，的確是湖湖菜，當時五歲的孩子加上十五歲，今年確實是二十歲左右。所以湖湖菜就是那個化大濃妝、身穿快要看到內褲的暴露衣服，晚上在酒店上班的須藤小姐。

但是現在眼前一直堅持自己是龍太媽媽的這個小孩，也確實是湖湖菜，所以一共有兩個湖湖菜：已成為大人的湖湖菜和還是小孩的湖湖菜。

（這情況……）

由香里想起那群在甜甜圈店二樓聊天的媽媽所說的話。

「一定要起來，可是好睏，一定要起來，可是好睏，大概抱著枕頭五分鐘吧，突然發現我看得見抱著枕頭在睡覺的自己，差不多是飄在距離棉被十公分高的地方。」

「也就是說你睡著的身體跟覺得一定要醒來的靈魂是分開的嗎？」

靈魂出竅。

一般人多半是發生在半夢半醒之間，但是湖湖菜應該是醒著的時候靈魂出竅，而且可能是十五年前的事。那時候湖湖菜大約五歲。湖湖菜的靈魂不會長到六歲，所以才會去破壞其他小孩的六歲生日派對，是這樣嗎？

出納人員在櫃檯呼喚：「須藤小朋友，須藤龍太小朋友！」

陷入沉思的由香里一直到湖湖菜拉了她制服的下襬才終於聽到出納人員的呼喚。

「是！是，是，不好意思。」

拿了藥走出藥局，湖湖菜拎著由香里的書包跟了上來。由香里懷中的龍太扭過身子，面對湖湖菜。

「不是喔。」

兩人並肩走在天黑的路上，湖湖菜突然開口。

「咦？」

由香里往下看，發現龍太柔軟的手正在撫摸自己的臉頰。

「什麼不是喔？」

「湖湖菜不是大姊姊想的那種壞孩子。」

難道湖湖菜一直在猜測由香里的想法嗎？

但是由香里卻不再覺得可怕或奇怪，用平常的語氣討論這項恐怖又離奇的現實。

「湖湖菜，今天是幾年幾月幾日？」

「一九九九年十月十四日。」

「果然是這麼一回事。」

從那天之後，湖湖菜的靈魂便離開自己的身體，再也沒有回去過。

「人家看到了，看到了不可以看的東西，所以我不看，所以十月十五日一定不會來。」

十五年前的十月十五日，也是前白妙東國中學生阿島消失的日子。

兩個時間一致代表了什麼意義呢？

當時出入白妙東國中的湖湖菜難道看到了什麼關於阿島失蹤的證據嗎？

「你看見了什麼呢？什麼事情不可以看呢？」

無論由香里怎麼問，湖湖菜都不肯回答。

由香里放棄原本的問題，換個問法：「湖湖菜是十月十五日生日嗎？」

小小的肩膀顫抖了一下，應該是由香里猜對了。

「原來如此。」

這就是「第六根蠟燭的謎底」。

湖湖菜六歲生日的那天目擊了某個恐怖的事件，導致她的人生就此暫停。

六歲生日那天，發生了可怕的事。為了遠離那件恐怖的事件，湖湖菜混進其他小孩的六歲生日派對，拚命吹熄第六根蠟燭。如果點亮最後一根蠟燭，就會發生恐怖的事。

是這樣嗎？

由香里心情黯淡地盯著髮尾翹起的小小妹妹頭。

「大姊姊，你的表情好可怕喔，不要這麼生氣嘛！」

4

正當由香里接近小湖湖菜的真相時，海彥一個人跟蹤大湖湖菜，走進後站的鬧區。

這一帶正是所謂的紅燈區，相較於站前大馬路的購物街，呈現完全不同的光景。對於成天都在練棒球的運動少年而言，比起去到別的學校球場比賽，紅燈區更令他不熟悉。想起上次不過是在紅燈區閒晃就被抓去輔導，讓他更加緊張了。

大小不一的各式看板彷彿等不及天黑，已經閃閃發亮。

這個世界容不下小孩，是大人用笑容與服務打仗的戰場。

原本還有阿島跟著海彥一起來，但阿島半路上居然搭訕成功，和陌生女子不知道跑去哪裡了。既然是大家看不見的幽靈，搭訕當然也一直被忽視，好不容易才找到有反應的人，不過對方沒發現自己有陰陽眼，也沒注意到阿島原來是幽靈。

海彥獨自站在夜晚的人群中，為了阿島的隨便而生悶氣。

「我要是不跟著你們，你們就會跟秋川一樣犯下致命的錯誤。」

海彥和由香里被捲入秋川福巳的事故之中，遭到警方懷疑時，阿島以這句話為理由，不時纏著海彥和由香里，要他們兩人為此付出不少點心錢和他衝動購物的費用。然而在這緊要關頭的時刻，阿島居然擅自脫離，只顧著搭訕，真是太混了。

「……」

大概是只有自己一個人而感到不安吧？海彥從剛剛就覺得有人在跟蹤他，回頭看了好幾次。他雖然期待阿島回來，然而在天昏燈暗的環境中卻看不到任何可能的身影。

（我得自立自強。）

不知是海彥看起來很友善，還是一臉寂寞的樣子，數名年輕外國人紅著白皙的臉頰，一臉幸福地向海彥問路。

「轟燈曲在哪裡？」

「轟燈曲？啊，你是說紅燈區嗎？」

海彥眼見就要跟丟走在前方的須藤小姐，於是指向須藤小姐前進的方向說「在那裡」。

「屑屑你。」

外國人操著典型的不標準發音向海彥道謝，便走到海彥前面去了。

海彥目送他們走向馬路，發現行人號誌燈已開始閃，須藤小姐和外國人加快腳步，好趕在紅燈前走到對面。穿過這個十字路口就是須藤小姐上班的酒店附近，如果沒在這裡追上，就得等到半夜須藤小姐下班。

海彥跑了起來，發出噠噠的腳步聲。

噠噠，噠噠……

海彥的腳步聲和心跳聲與他人的腳步聲和氣息重疊。

（這次又是誰的幽靈啦！）

然而跑過馬路之後，背後的車子全部一起發動，壓過了各種聲息。

海彥調整呼吸，向正要走進建築物入口的須藤小姐開口：「請留步。」

儘管人群與喧囂使得海彥膽怯，他的聲音還是讓須藤小姐停下腳步。

整條街上的招牌爭奇鬥艷，閃閃發亮，色彩繽紛得如同須藤小姐家中散落的零食包裝。在燈光下回頭的須藤小姐如同卡通的女主角一樣美麗。

「呃，呃……」

你怎麼可以把生病的小嬰兒丟在家裡呢？你以為小嬰兒是誰在照顧呢？然而海彥心中想說的話湧到喉頭，卻全都變成「呃」。面對一身夜晚專用戰鬥裝扮——露出長腿、衣著華麗而暴露、妝容精緻的須藤小姐，海彥比手無縛雞之力的嬰兒更加軟弱。

「呃……」

看到海彥站在自己面前，須藤小姐還是面無表情，她的臉上沒有寫著「幹嘛」，也沒有「煩死了」，只是黑洞似的毫無表情。

此時，海彥背上突然湧起一股寒意。

下一秒換成須藤小姐臉蛋扭曲，露出驚訝的神色，她的眼睛盯著海彥背後瞧。

海彥一回頭，發現眼前是一大群迷路的幽靈，不對，是他棒球隊的隊友。

（你們怎麼又在我最忙的時候跑來啦？）

海彥的臉上不自覺露出「很煩吔！」的表情。

棒球隊的隊友看見他，臉龐微微潮紅，但是他們當然不是因為須藤小姐的美貌而害羞，而是對海彥的態度感到氣憤。

「海彥，你這傢伙，不來棒球隊練習是為了來紅燈區找女生搭訕嗎？」

這可是天大的誤會。海彥想要辯解的當下，對方已經怒氣衝頂。

對於海彥而言，有空說明現在這複雜難懂的情況，不如先躲開衝向自己的拳頭。

碰！

拳頭掠過海彥的耳朵，發出巨大的聲響。好不容易避開耳邊的一拳，接著肚子已挨了一拳。挨揍的當下，海彥痛得停止呼吸。

愈來愈多人圍過來看熱鬧，團團圍住打架的少年，馬路簡直就成了街頭競技場。勸阻的人和搧風點火的人都用同一種表情對海彥一行人大吼。
「住手！」
「上啊！快上！」
海彥反射性地揮動拳頭，打歪了其中一人的臉，下一秒則換成海彥受到其他人用相同的方式攻擊，雙方的戰意逐漸增強，近乎殺意。
「啊！」
原來是須藤小姐發出駭人的慘叫聲，那聲音聽起來實在太淒厲，海彥和隊友都忍不住停下動作，回頭看她。
「啊！啊！啊！」
須藤小姐彷彿自己遭人攻擊，表情猙獰，不斷地尖叫。
她跌坐在地，周圍逐漸濡濕，似乎是失禁了。
人牆隨之自動分開，好避開從路緣石流向排水溝的尿液。
本來打成一團的少年也反射性地自動分開。
「你、你沒事吧？」

須藤小姐的模樣過於驚人，打消了海彥一行人的氣勢。

大人們趁虛而入，一把抓住所有棒球隊隊員。

須藤小姐不斷哀號直到警察將所有少年帶走為止。

*

今天大家聚集在黃昏偵探社，由香里泡了加了大量砂糖和牛奶的咖啡，倒進客用的咖啡杯端給大家。

阿島邊喝邊說「真好喝」，青木先生卻說「這種小孩子的咖啡，我哪喝得下」，刻意跑去一樓自動販賣機買來芬達汽水。海彥整個人陷在客用沙發裡，看起來比遊魂阿島還沒精神。

「挨警察罵雖然討厭，回家之後，爸媽的反應更可怕。」

看到無精打采的海彥，阿島哈哈大笑。

「變壞吧！小海，就一路壞下去吧！」

「閉嘴！」海彥往阿島的背揮去，卻只是空虛地穿過阿島的身體，徒留一股寒氣在手心。

「對了，你不必禁足了嗎？」

青木先生買了飲料回來，幸災樂禍地問由香里。

「祖母去了趟溫泉旅行，我的禁足令就自然解除了。」

「什麼？原來一切都只是看你祖母大人心情嘛，就算你要被禁足更久，我也還可以繼續當你的替身，反正你這小屁孩的房間還滿有趣的啊。」

青木先生頻送秋波，意有所指，由香里迅速瞪過去。

「喂，青木先生，你該不會在我房間裡四處偷看吧？」

「先不管你房間，趕快報告昨天發生的事情啊！快、點、報、告！」

青木先生硬是改變話題，由香里儘管不快也只能乖乖回應。

「呃，湖湖菜說她在一九九九年十月十五日看到了不該看的東西，所以決定要讓自己『再也不會遇到那一天』。由於湖湖菜的情緒過於強烈，導致靈魂和身體分離。」

湖湖菜的情況正是靈魂出竅，就跟在甜甜圈店二樓聽到的媽媽團閒聊時提到的一樣。只不過湖湖菜的情況不同於一般人只是在睡得迷糊之際靈魂暫時離開身體，而是靈魂出竅了十五年，造成靈魂和身體像是不同的人，各自存在。

「一九九九年十月十五日，那個孩子究竟遇上了什麼事？說不定那天她跑去你們學校了。」

青木先生把吸管插進葡萄口味的芬達汽水罐裡，唏唏嗾嗾地喝了起來。

「我也是這麼想，阿島，你在學校見過她嗎？」

「那天的事我幾乎不記得了，應該說是根本想不起來。」

阿島又倒了一杯加滿砂糖的咖啡，一臉苦澀地喝下。

那天，阿島上學遲到，破壞了中庭的花草和裝飾，對當時的園藝社社長秋川福巳挑釁：「我把你的庭院弄得很美喔。」

身為園藝社指導老師和負責生活輔導的星野老師叫阿島去找他，阿島卻沒有出現，就這麼消失無蹤，一直到十五年後，才來到黃昏偵探社。

「說不定，阿島那時候跟人打架了？」

海彥思索著，緩緩開口。

「我推測，十五年前，湖湖菜受到嚴重的驚嚇，很可能是目擊了打架或爭吵這類的暴力事件。」

「為什麼這麼想？」

「我和隊友打起來時，須藤小姐的反應真的很誇張，感覺她是對打架這件事極端恐懼，應該是所謂的心理障礙吧？」

「嗯嗯。」

「假設，我是說假設喔，會不會是在十五年前的十月十五日，阿島去找秋川先生吵架，結果反而被秋川先生所殺，而湖湖菜不經意地目擊了殺人現場呢？而十五年後，阿島化為幽靈回到人間，為了報復，就用幽靈的力量咒殺了秋川先生……」

海彥眼睛往上看，像在抬頭仰望自己的幻想。

青木先生嘲笑海彥：「哪有什麼幽靈的力量啊？」

「為什麼我要對秋川那種爛咖報復？而且還殺了人？死中二，你再亂講話，我就殺了你。」

阿島發起脾氣，抓住海彥，像平常一樣颳起冰冷的龍捲風穿過海彥的身體。

「先不管阿島如何，至少那個小女生快要回到原本的身體了。」

青木先生回到辦公桌，從抽屜裡拿出零錢包。

*

湖湖菜來到阿力爺爺開的肉鋪買豆腐漢堡時，遇上正在買可樂餅的黃昏偵探社一行人。

「大姊姊，上次謝謝你陪我去醫院，龍太在那之後馬上就退燒了。」

湖湖菜筆直地走向由香里，向她鞠躬，自然捲的頭髮也跟著一起搖晃，十分可愛。

青木先生看了之後禁不住嫉妒，推開由香里，得意地說：「大姊姊做的，都是我命令她去做的工作呦！」

由香里一行人前往湖湖菜家拜訪，家中依舊四處散落吃完的零食空袋。住在垃圾堆裡的須藤小姐雖然還是面無表情，至少看起來比之前平和一些。

「請進。」

須藤小姐把瓶裝茶倒進印花圖案的杯子裡，端給由香里等人。她沒有陰陽眼，當然不會準備阿島的分，但是阿島一點也不感到受傷，一口氣把海彥的分喝光了。

（就是因為她看不見幽靈，才會發生這麼多事。）

由香里的視線在湖湖菜與須藤小姐之間游移。須藤小姐看不見代替自己照顧小嬰兒的小女孩，不僅如此，這十五年來她看不見許多事物，都是年幼的小湖湖菜替她看顧。

「我接下來還要去工作，請不要耽擱我太多時間，等一下還得帶這孩子去托兒所。」

須藤小姐用手指敲打亮晶晶的手表。

小湖湖菜湊近在嬰兒床裡手舞足蹈的小嬰兒，戳戳他渾圓的臉蛋。

「再見囉。」

小湖湖菜一道別，小嬰兒便輕輕哭了起來，他揮動胖嘟嘟的手腳，好像在抗議「我不要說再見」。

由香里回頭一看，發現海彥跟阿島眼中都浮現淚水；青木先生甚至拿出虞美人圖案的手帕擦拭眼睛，大聲擤鼻涕。

「喂！你們不要害我家小孩哭好嗎？」

須藤小姐第一次在由香里等人面前流露感情，呈現喜怒哀樂中的「怒」。她生氣的模樣瞬間和小湖湖菜重疊，小湖湖菜彷彿被須藤小姐吸進身體而消失。

小湖湖菜逐漸消失。須藤小姐已不是生氣的臉，而是打了個哈欠，彷彿午睡剛睡醒。

由香里小聲地說：「嗯，再見。」

須藤湖湖菜，健保卡的戶長名稱正是須藤湖湖菜，她在十五年前看到不該看的事，於是靈魂停止成長。時間凍結的靈魂就是由香里等人眼中的小湖湖菜。

雖然並不確定是不是由香里一行人的雞婆立了功，促使須藤小姐分離的靈魂和身體終於發現需要彼此，小湖湖菜的靈魂終於回到須藤小姐的身體裡，須藤小姐也恢復母親的身分。

＊

由香里欣賞著蛋糕店的櫥窗，邊說：「一九九九年十月十五日那天，湖湖菜究竟遇上什麼事呢？最後還是沒能問到。」

玻璃窗裡沒有阿島的身影，但是轉頭一看，眼前正是不良青年頂著精心打理的劉海，搭配修得細細的眉毛，在自己身邊晃來晃去。

（如果解開十五年前的謎團，阿島也會消失不見吧？）

突然湧上心頭的想法刺痛了由香里的胸口。阿島對海彥惡作劇，拳頭只能穿過對方身體的兩人正在進行稱不上打架的打架。如果阿島消失了，由香里覺得海彥也不會像之前一樣待在自己身邊。

「是啊！」

青木先生突然表示同意，由香里以為自己的心思被看穿而嚇了一跳。

「畢竟是讓湖湖菜那孩子嚇到靈魂與身體分離的意外，十五年前的事沒那麼容易就能想得起來。不過當事人現在可以活得好好的，就更不需要刻意逼她想起來吧。」

青木先生仰望阿島，壞心地一笑。

「至少在這個人變成塵埃之前，不會想起來吧？」

「怎麼這樣啦！」

阿島一假哭，青木先生便轉頭看由香里。

「那阿島的事就再拜託你們啦。」

「等、等一下！」

由香里的視線離開蛋糕店招牌，憤怒地抗議。

「那不是青木先生負責的案件嗎？所以我們才會去調查空店面和生日蠟燭的謎團啊！」

「唉呀，你不想實現合約上的願望嗎？食言了可要吞下一千根針喔。」

「結果事情還是又全都丟回給我們嘛！」

由香里雖是一副生氣的模樣，其實心想如果可以一直維持現況的話也不錯。儘管她無法想像升上高中，將來長大成人的自己會是什麼樣，但是她更不能想像阿島消失與不能再和海彥調查奇怪事件的日子。

「世事變化無常，無論如何都一定得面對，就算是死人也一樣。」

青木先生突然嚴肅地拍了一下由香里的肩膀。

「所以接下來你們要解開一九九九年十月十五日的謎題。」

青木先生說完之後，便唱著「提拉米蘇，我一定要吃到提拉米蘇～～」大剌剌地走進蛋糕店裡了。

第四章　薩拉非亞的病歷

1

由香里還沒有勇氣遞出，塞進書桌抽屜裡的情書不見了。說是情書，其實是寫在報告紙上的草稿。收件人當然是中井海彥。

這下子事情可麻煩了！

「我記得我是藏在最上層的抽屜裡，墊在文具托盤的下面，我確定是在那裡沒錯。」

「哦，那可麻煩了。」

阿島的口氣一點也不像有麻煩的感覺，手上正拿著打火機要點菸。

由香里慌慌張張地搶走阿島的香菸與打火機。

「不要在我房間抽菸，要是被祖母大人知道了，我要被禁足一輩子的。再說，現代已經沒有人在抽菸了。」

「時代的演進還真令人討厭呢。」

阿島從胸前的口袋掏出梳子，裝模作樣地梳理側邊的頭髮。

「喂，阿島，你不能幫我想想辦法嗎？幫我找嘛！用你身為幽靈的靈異能力。」

「也有沒有靈異能力的幽靈啊，況且靈異能力跟找東西一點關係也沒有。」

「是嘛？真沒用。」

「去拜託黃昏偵探社不是比較快嗎？」

「那裡是專門為幽靈解決問題的偵探社，拜託了也沒用，況且如果我去委託黃昏偵探社，說不定會是海彥來調查。」

由香里才說完，阿島就拍手大笑，將別人的痛苦視為己樂說：「這不是超有趣的嗎？」不過語畢，他又認真地凝視由香里。

「你是不是有粉絲啊？」

「我的粉絲？不就是你嗎？」

「我對小鬼才沒興趣，住在這種俗氣房間裡的小女生不是我的菜。」

阿島失禮地批評著，邊轉頭環視由香里的房間。

「喂，今天早上，這個房間的窗戶是打開的嗎？」

「窗戶？我一直關著。」

由香里沿著阿島的視線看過去，淡藍色格子圖案的窗簾隨風輕擺，仔細一看，風從微微打開的窗戶吹了進來。

「你的粉絲，換句話說就是跟蹤狂，說不定偷了你那封見不得人的情書。」

「這種蠢事只有你才會做。」

「我才不會學那種噁心的行為。」

阿島講著講著，從口袋裡偷偷拿出一條女用手帕，手帕上是眼熟的草莓刺繡，那是家政課加藤杏老師用過的手帕。阿島雙手輕輕握住手帕，像戀愛中的少女，唉地一聲發出煩惱的嘆息。

「喂！阿島！在女生身邊繞來繞去、偷人家東西的果然還是你啊！」

「有朋友來家裡玩嗎？」母親聽到由香里禁不住的吶喊聲，從樓下呼喚她。

由香里騙母親說「沒有，我是在講電話」，又凶惡地瞪著阿島。

「你偷了加藤老師的手帕對吧？」

「我是想告訴你，我可以理解跟蹤狂的心理。」

阿島又小心翼翼地把手帕放回口袋。

由香里關上窗戶，學鐵道員用手指過每一扇窗戶確認。

「如果世界上還有其他跟阿島一樣的人，會跑來這個房間偷情書草稿，真是超噁心的。」

「要是有人敢對你亂來，我會附身幹掉他。」

「聽起來很沒說服力。」

應該只是忘記放到哪裡去而已吧，由香里嘆了好幾次氣，繼續翻找抽屜。

阿島看著苦惱的由香里，莫名興奮地大叫：「對了，辣妹，我有個大消息要告訴你。」

「什麼大消息？」

「國道旁有間家庭餐廳對吧？海彥那傢伙在那裡跟個高中女生見面，都是你一直拖著不告白，他才跑去交其他女朋友啦。」

「女高中生？」

由香里心想怎麼可能，海彥只要一站在女生面前，就會全身僵硬。

「我沒騙你，那傢伙偷偷摸摸不知道在幹嘛，我覺得很奇怪就跟蹤他……」

阿島說到這裡就陷入沉默，凝視書架上放在世界偉人傳和圖鑑前面的相框。正在此時，由香里的手機響了起來。由香里暫停與阿島的對話，摁下通話鍵。

「由香里，我有消息要告訴你，是大消息喔！」

電話的另一頭傳來雀躍的聲音。

由香里光聽聲音就知道是堂姊小堇。小堇大由香里三歲，現在是高二。

兩人都是獨生女，家人都把她們視為姊妹。

「由香里，海彥同學最近可能會跟你告白喔。」

小堇說的話跟阿島正好相反。

（告白……）

由香里不禁心頭小鹿亂撞。海彥要向自己告白，表示協助阿島前往西方極樂世界的合約就快要生效了嗎？

「讓中井海彥喜歡上自己，並能對自己說『我喜歡你』。」這是由香里簽下青木先生契約的條件。

「我跟你說喔，海彥同學來找我商量，說要在你生日那天準備驚喜給你喔，我們約在國道旁的家庭餐廳偷見面了。」

「他居然去找你。」

由香里雖然心想「偷見面是指瞞著我偷偷見面吧？」，但是她太想知道後續，於是趕緊附和。

「然後呢？然後呢？」

阿島站在由香里身邊，露出複雜的表情，拿起由香里的相框，相框裡裝的是由香里跟小堇兩人嬉鬧的生活照。

「喂，辣妹，我在家庭餐廳看到的就是這個女生。」

阿島指著照片裡的小堇，大驚小怪。

「啊，原來是這麼一回事。」

由香里空著的那隻手，拍了一下膝蓋。

阿島目擊的原來是小堇跟海彥的祕密會議現場。

「什麼嘛，真無聊！」

阿島發現原來和由香里講電話的就是他以為是海彥女朋友的人，非常失望。他反覆說著「什麼嘛，真無聊！」，就穿牆不知去哪裡了。

「海彥同學在你面前很緊張對吧？」

「不會啊，他沒有很緊張。」

由香里大致掌握了真相，了解事情的來龍去脈。事實是小堇這個人有點天然呆，她一定完全沒發現她面前的海彥是全身僵硬。

「由香里，你生日是十一月三日對吧？每年生日都放假，真好。」

「嗯，那天是文化節，所以我每年生日當天都放假不用上課。」

「海彥同學啊，想在十一月三日那天約你出門，趁勢跟你告白。怎樣？是不是很大的驚喜？」

（啊，天然呆的小菫，你告訴我就不是驚喜了啦。）

不過由香里把應該告訴親愛堂姊的忠告放在心底。

「所以我跟他說你喜歡看恐怖電影，建議他約你去看電影喔。」

＊

小菫和海彥見面是上個星期天的事。

明明就要期中考了，海彥卻跟由香里的堂姊小菫見面。

「呃，看電影嗎？真是個好主意，可是，呃，電影院剛好在上映楠本同學喜歡的恐怖電影嗎？」

海彥見了小菫不禁臉蛋通紅，腦袋也一片空白，光是開口說話就耗去他許多精力，他不禁想起跟由香里在一起時，自己竟是那麼平靜。

「我以前在一間名為蓋勒馬影戲院的二輪電影院打工，那裡正在舉辦『萬聖節怪奇影展』，到下個月中旬。」

小堇端莊地喝了咖啡，又加了砂糖。

「那、那，就這麼決定了嗎？」

「就這麼決定吧！」

小堇嘻嘻笑，接著建議海彥送什麼生日禮物。

「送她抱枕怎麼樣？我聽由香里說過她看恐怖電影一定會用到抱枕，她說害怕到受不了時，可以馬上拿起抱枕把臉遮起來，想要抓住誰的時候，抱住抱枕就好了。」

「我、我之前也聽楠本同學說過。如果真的那麼恐怖，不要看不就好了嗎？」

「由香里真是個奇怪的女生呢。」

「真是個奇怪的女生呢。」

面對面相視而笑的兩人之間，冒出一個長長的黑影。海彥感到一股冰冷的怒意，不禁抬起頭來。

眼前站著一名年輕男子，穿著寬大的襯衫，下擺塞進窄管牛仔褲；隨意留長的頭髮斜斜地遮住臉龐，端正的五官如雕刻般精細，冰冷高傲的眼神盯著這裡，令海彥有點害怕。他有如演員般美麗的唇形說：「這個人是誰？」

臉蛋如此美麗的人，居然從嘴巴裡冒出男人的聲音，海彥滿心慌亂。

小堇聽到男子的問題，仰頭望向對方，天真地笑著回答：「他是由香里的男朋友。」

這句話讓海彥的害羞病發作，心中同時也湧現了相同的疑問。

（這個人是誰？）

美男子看穿了海彥的心思，微微笑了一下。

「我是她男朋友。」

美男子在小堇身邊坐下，小堇便哇了一聲躲開，慌慌張張從裙子口袋拿出手帕，摀住鼻子。

「怎麼了？」

「因為有慟先生說『我是她男朋友』，害人家不好意思到流鼻血了。」

小堇摀著鼻子，鼻音很重地回答。

「糟、糟了。」

「你還好吧？」

名叫有慟的男子請店員拿來冰塊與毛巾。

「真是不好意思。」

有慟幫小堇做了臨時的冰枕，讓她放在後頸部降溫。

海彥發現原來不是只有自己在異性面前會緊張，覺得很高興。

「你心情很好嘛。」

有慟一臉不明白為什麼海彥如此高興的表情，優雅地舉起食指指向海彥胸前。

「你長得很像市川雷藏。」

「咦？」

「早年的俊美男演員。」有慟說，「所以你應該要覺得高興」，並拿出電影票。

「有慟先生是蓋勒馬影戲院的放映師，跟我一起為你和由香里的戀情加油喔。」

企劃「萬聖節怪奇影展」的人正是有慟。

「約女生看太可怕的恐怖片也不好，所以我請我們經理在影展中加入《吸血鬼德古拉》一片，德古拉總是襲擊女性，男主角凡赫辛博士又是優雅的帥哥，雖然是部古老的電影，卻非常緊張刺激，如果對方喜歡看恐怖電影，這部電影一定可以為你加分。」

「謝謝您，我用爬的也會去看德古拉。」

「第一次約會嗎？開口邀約很緊張呢。」

酷酷的有慟應該不太會緊張，不過他還是努力表達親切之意。

「聽說你在逃避社團活動。你不喜歡打棒球了嗎？」

「咦？」

由香里把所有關於海彥的事都告訴堂姊小堇，小堇聽到有趣的事又會全部告訴有慟，所以有慟對海彥的事也可說是瞭若指掌。

「不，我不是不喜歡棒球了，只是陷入低潮……」

「之前新聞不是報導了一個遠離自己愛好的人？那個遭人殺害的銀行員秋川什麼的。」

有慟直直地盯著海彥瞧。

「咦？」

「那人是你們白妙東國中的學長，你們學校的中庭在園藝圈裡算是小有名氣，據說那個庭園的原型就是出自那個秋川之手。」

「是，你還真清楚。」

「報紙看來的。」有慟喝了一口黑咖啡。

報上應該沒有說秋川「遠離自己的愛好」，但是海彥也覺得秋川是刻意遠離園藝。那時候秋川還活著，海彥和由香里正要去找秋川之前——海彥會做如是想，是因為他也正在逃避自己最喜歡的棒球。

「為什麼你會認為秋川先生是刻意遠離園藝呢？」

「明明有興趣，卻選擇別條路，要嘛是實力不足，要不然就是刻意逃避。」

有慟只用了三言兩語便解釋了夢想與現實的糾葛，之所以說得出這番話，也許是他也不斷在思索這個問題吧。

「我覺得秋川這個人不選擇能發揮才能的工作很奇怪，所以才格外地印象深刻。」

有慟在自己的咖啡裡加進砂糖和奶精後，對小菫露出微笑。

「甜咖啡也很好喝呢。」

有慟雖然非常重視放映師的工作，卻也為此付出代價，畢竟現在需要放映師的傳統戲院已愈來愈少了。

小菫曾經如是告訴海彥。

＊

「所以海彥同學可能會邀你去看電影，對你告白也說不定。好好期待這份驚喜吧！」

小菫逐一報告在家庭餐廳的對話後，以歡愉的聲音作結。

「由香里，拜拜。」

「嗯，小菫，謝謝你幫了這麼多忙。」

由香里講完電話，滿懷幸福，在床上打滾。

枕頭旁還站著，不對，是坐著阿島，令由香里大吃一驚。

「嚇死我了，你怎麼又跑回來？」

「約會嗎？真好，我可以一起去嗎？」

「不可以，跟幽靈一起去約會，一點都靜不下心來。」

「你這是歧視幽靈吧？」

「什麼歧視幽靈啊？」

阿島心懷不甘地說些「我好恨呀」、「我要詛咒你」，聽了讓人想笑。

「好啦，那就一起去吧！」

「不准忘記喔。」

阿島突然心情大好，接著又露出嚴肅的表情。

「對了，辣妹，真帆給你的照片還在嗎？」

真帆是阿島同母異父的妹妹。

阿島會變成不良少年也不是沒道理的，問題都是大島父母冷淡態度所致，然而真帆卻是大島家的寶貝獨生女。阿島在家時，兩人感情並不好，可是要求當時尚年幼的真帆負起責任，實在是過於殘酷。

「我想說要給你點面子，昨天晚上就跑去真帆夢裡了。」

阿島邊說邊從指縫之間露出半張照片。

「咦？那張照片……」

那是真帆還小的時候，撕破的阿島照片，以前阿島把照片碎片湊起來，重新拼成一張，阿島失蹤之後，換成真帆小心保管。真帆委託由香里把照片交給已經變成幽靈的阿島，但是當事人阿島卻使出惡魔的招數，用指尖冒出的火焰將照片燒成灰燼。

「阿島，照片不是被你燒了嗎？」

「世上有些事情不能用科學來說明。」

阿島先是一臉嚴肅，然後又嘻嘻賊笑。

「那是魔術，不是幽靈也做得出來。」

「什麼嘛！那時候真的害我超沮喪吔。」

由香里向阿島丟去的枕頭穿過他的身體，撞到牆壁。

「你去她夢裡做了什麼？真帆該不會作惡夢還發出呻吟吧？」

「哦，我去她夢裡使盡全力詛咒她了。」

「詛咒？」

「我罵她怎麼可以撕破哥哥的照片。」

阿島想用食指搔搔臉頰，手指卻穿過臉頰。

「唉，阿島。」

如果阿島還活著時可以罵罵真帆，大島家可能會變得跟現在不太一樣吧。

想到這裡，由香里便覺得一陣心酸。

由香里撿起丟出去的枕頭，像看恐怖電影時一樣雙手用力抱住枕頭，然後又朝阿島丟了一次。不知道是什麼招數還是騙局，阿島居然抓住枕頭，飄在半空中，躺了下來。

「喂，辣妹，我跟你還有小海在一起就覺得開心，這輩子大概就這時候最開心了。」

阿島明明已經死了，卻對由香里說這種話。

「丟下你們，一個人跑去西方極樂世界一定很無聊。」

為了讓阿島平安前往西方極樂世界，由香里和海彥必須找出阿島失去生命的真相。

這就是由香里和海彥認識阿島的原因。

但是如果阿島消失了，由香里和海彥的生活一定會變得十分無趣寂寞。

由香里光想到這點，心裡就像開了一個洞。

「你找到我情書草稿之前，絕對不可以去西方極樂世界喔，如果有跟蹤狂之類的變態找上門，你也一定要救我喔。」

由香里一想到阿島消失便感到恐懼，於是說出勉強阿島的話。阿島卻嘿嘿笑說：「就交給我吧。」

「除了念書之外，我什麼都能幫你。」

「咦？念書？」

由香里的腦袋裡突然亮起紅色的警示燈，寂寞、擔心和幸福都在瞬間化為泡影。

「糟了！我好像忘記在期中考數學考卷上寫名字了。」

白妙東國中的規定是沒寫名字的考卷一律零分！

2

原來是由香里記錯了，她沒有忘記要在數學考卷上寫名字。

發回來的數學考卷雖然不是值得高興的分數，至少不是零分，讓由香里放下心中一塊大石頭，於是她決定今天前往久違的黃昏偵探社。前往偵探社的路上，在手工藝店停留了一會，就遇到海彥向她打招呼。
海彥的臉頰雖然不再泛紅，卻不自在到同手同腳。
由香里一時害怕不知道去哪裡的情書草稿可能會被海彥看到，另一方面也很在意海彥跟小菫在家庭餐廳召開的祕密會議。
（海彥什麼時候會約我去看電影呢？）
由香里偷瞄了海彥一眼，發現海彥似乎對氣氛很敏感，十分緊張。
「呃，我們好像，好久不見了。」
「最近一直在考試啊。」
「人家都說二年級比較輕鬆。」
「一點都不輕鬆哩，只是因為我們是小孩子，才不太煩惱而已。」
國中生有期中考和實力測驗等麻煩的定期考試，還有期末考和模擬考，若再加上每天都會考聽寫和不定期的英文單字小考，要面對的試煉實在嚴酷。
由香里心想倘若是神經質又愛擔心的成人，恐怕熬不過吧？
由香里他們來到住商混合大樓的六樓，不瞭解學生辛苦的青木先生在電梯門打開的瞬間就哇哇大叫：「你們這些傢伙到底是跑去哪裡了？丟下我一個人辛苦工作，這些四處晃蕩的不良少年少女！」

青木先生似乎等很久了，用門擋卡住辦公室的大門，把折疊椅搬到走廊上堵人，看來是準備周全。這樣等，難怪會覺得時間漫長。

發過一陣脾氣之後，青木先生回到自己的座位上，吃起他最愛的樂天小熊餅。把黃昏偵探社當作根據地的阿島，正躺在客用沙發上睡覺。

「哦，小海，辣妹。」

阿島喝下由香里泡的加了大量砂糖和奶精的咖啡，悄聲詢問：「你找到情書的草稿了嗎？」

「完全找不到。」

由香里星期日整整一天，把房間翻了過來也還是沒找到。若真的是把情書草稿忘在找成這樣也找不到的地方，已可以說是亂放東西的天才了吧！

「說不定是之前青木先生來我家時拿走了。」

「如果是他拿的，一定會故意放在這裡當鍋墊來用，他就是這種人。」

「嗯，阿島你不會透視嗎？」

「白癡啊，我怎麼可能會？」阿島小聲地說完，又小聲地爆笑。

「喂，你們在那裡咬什麼耳朵？」

青木先生的眼神銳利地像根針，阿島急忙改變話題。

「前一陣子我去了運河通上的靈異景點，那裡的老房子拆了之後，改建成家居五金賣場。改建之後，原本住在老房子裡的地縛靈會變成怎樣呢？」

「搬到新的家居五金賣場吧？家居五金賣場那麼好玩。」

「對喔，住在那裡面應該很有趣吧？」

「你儘管搬去家居五金賣場也沒關係呦。」

嘴巴還是一樣壞的青木先生拿來一本書，書背貼了市立圖書館的標籤，由香里看了夾在裡面的便條紙，發現早就過了歸還期限。

「這本書得趕快拿去還吧？」

「還不都是因為你們不來。」

青木先生驕傲地抬起頭，把封面拿給大家看。

《薩拉非亞的病歷》

由香里和海彥同時「啊」了一聲。

《薩拉非亞的病歷》是已倒閉的有馬屋書店曾經銷售過的珍本。

珍本，簡而言之就是稀奇的書。《薩拉非亞的病歷》是自費出版的作品，只印了五十本。

十五年前過世的書店老闆說：「沒找回所有被偷的書，我就無法前往西方極樂世界。」所以一直到今年初秋，他都還在人世間徘徊，《薩拉非亞的病歷》也是其中一本遭人順手牽羊的書。

「這本不是被偷走的那本，是作者自己捐給圖書館的。」

「所以被偷走的那本書還在小偷手上。」

「或是已經被銷毀了。」

書店老闆明明化為幽靈十五年，但最後即使沒拿回這本書也還是順利地上天堂去了。由香里等人會知道書名叫《薩拉非亞的病歷》，還是書店老闆臨上西天時才想起來的。

「為什麼現在才在找這本書呢？有馬爺爺的事情已經解決了吧？」

現在由香里和海彥負責的應該只有阿島的案子。找出遊魂阿島死亡的真相，送他前往西方極樂世界。

自從阿島來到黃昏偵探社，解開他死亡之謎就一直是由香里和海彥的使命，只是他們和阿島為了其他事件而把這件事往後延。

「喂，青木先生，我們一定得解決阿島的案子嗎？」

阿島在黃昏偵探社住下之後，高興什麼時候去哪裡就去哪裡，他已習慣，甚至可說非常享受幽靈生活，由香里和海彥也習慣了阿島的存在。

「我一直這樣也無所謂。」

青木先生惡狠狠地瞪視悠哉的阿島。

「大家忘記我一開始說過什麼了嗎？」

青木先生以食指比了比自己的小捲頭，好像在催促大家想起來。

阿島來到黃昏偵探社的第一天，青木先生曾經說過：「無處可去的幽靈最後會化為塵埃，消失在宇宙之中。就像快要熄滅的燭火最後會突然變亮，這個人目前的情況正是如此。我想他陷入危機之前，大概模糊到連有陰陽眼的人也看不見，只是一介遊魂，雖然現在終於恢復幽靈真正的樣子，不過也只是暫時的，一旦過了這迴光返照的期間就會消失。」

青木先生用可怕的聲音說：「大家別忘了阿島現在的狀況還是很不穩定。」說完之後，重新拿起《薩拉非亞的病歷》，「你們看。」青木先生用大拇指的指腹翻書，書頁像是等待他一樣停在書中間，那一頁夾了一張白妙東國中的學生手冊封底，那是有人從學生手冊撕下封底，夾在書裡。

學生手冊的封底是身分證明，看來是把撕下來的封底當作書籤用。

「好野蠻喔，這也是青木先生幹的好事嗎？」

「怎麼可能？我怎麼可能做出這麼粗暴的事，沒禮貌！」

「哼，這世上就是有人這麼粗魯呢。」

由香里語畢，青木先生在鏡片後方的眼睛便表示同意。

「這本叫做《薩拉非亞的病歷》的書，就像是有馬爺爺的遺言，所以我才去圖書館找來看看，沒想到裡面居然夾了這東西，真是嚇了我一大跳呢。」

上一個借閱者大概忘記自己把學生手冊封底夾在裡面吧。

由香里拿起學生手冊封底，嘴巴便像男兒節人偶一樣往下撇。

「你看你看，這是阿島的學生手冊吔。」

「一九九九年度三年三班　大島順平」——厚紙上印了大島的學年、班級與名字，貼了大島的照片。照片裡的阿島就跟之前在畢業紀念冊上看到的一樣，徹頭徹尾是個不良少年的模樣。

「是呀。」青木先生露出苦澀的表情。

「這不是太巧了嗎！大島先生你說不定之前借過這本書？」

海彥驚訝地說，阿島卻搖搖頭。

「我這個人不看只有字的書。」

「那書裡為什麼會有你的學生手冊？」

由香里拿起被撕下的封底。就算是不良少年，也不會撕破學生手冊拿來當書籤吧？想到阿島是幽靈，也就是失去生命的人，總覺得不太舒服。

「我稍微調查了一下。」

青木先生也覺得拿來當書籤的學生手冊封底令人不舒服，所以稍微耍了一點招數。

「我把學生手冊的封底拿起來，改夾了一張萬圓鈔票，拿去圖書館櫃檯。」

青木先生對圖書館櫃檯人員，以他的娘娘腔裝紳士地說：「這本書裡居然夾了錢呢，我想應該是上一位借閱者的失物吧？啊，不過夾在書裡就不算失物了吧？呵呵呵呵。」

第一次聽到青木先生娘娘腔的人，應該都會對他留下深刻的印象吧。對館方而言，在借出去的藏書裡撿到一萬圓算是一件事故。

「謝謝您提出，這一萬圓可能是前一位借閱者遺落的。如果找不到失主，一萬圓就會歸撿到的人。」

於是櫃檯負責處理借書的窗口，馬上在電腦系統搜尋上一位借閱者。

青木先生巧妙地引誘對方，問出這本書上次出借是十五年前的事了。

「又是十五年前？」

說到十五年前，有馬屋書店的老闆正是十五年前滿懷遺憾離開人世，當時遭人順手牽羊的書籍當中，唯一找不到的就是《薩拉非亞的病歷》；長久以來，靈魂年齡一直維持在五歲的女孩湖湖菜，也是在十五年前靈魂出竅；至於阿島是在一九九九年失蹤，正好也是十五年前。

「上一位借閱者是誰？」

「我終究還是問不到名字。」

青木先生從由香里手上拿走阿島的學生手冊封底，夾回書裡。

「如果圖書館通知撿到失物，接到聯絡的人十之八九會說是自己的吧？畢竟這可是一萬圓呢。如果找到失主，圖書館也會通知我。等到圖書館聯絡我時，就能順利打聽出來了。」

「嗯嗯嗯。」

平常總是在吃零食的青木先生，偶爾也會做點事。

由香里感動之餘，再次拿起《薩拉非亞的病歷》。

「你覺得如何？不覺得有必要更進一步調查《薩拉非亞的病歷》嗎？」

「同意，畢竟書裡冒出了阿島學生手冊的一部分。」

書裡夾雜可怕的照片和插畫，搭配很多噁心的文章，每一頁說的都是木乃伊、木乃伊、木乃伊、木乃伊。

「這本書是自費出版，賣多少錢呢？」

看到封底寫了八千圓，由香里跟海彥都覺得不可思議。

「嗚哇！好貴！」

「我記得老闆說過是作者本人親自來到有馬屋書店，請託讓《薩拉非亞的病歷》上架。」

「對啊。」

「書裡寫了什麼？從書名來看的話，是講疾病的書嗎？」

「與其說是疾病，不如說是講死人的書。熱愛木乃伊的作者仔細地說明如何保存人類的屍體而不會腐爛。書名上的『薩拉非亞』這個人正是想出木乃伊製作方法的西西里島醫生。」

這位醫生名為阿弗列特．薩拉非亞，這本書是以他的名字來命名。

義大利西西里島以往的習俗是把過世的人做成木乃伊，薩拉非亞醫生則是製作木乃伊的佼佼者，根據他所研發的方法，死後也能維持生前的模樣，意即和生前一樣的木乃伊。

「西西里島嗎？有馬爺爺的確說過最後一本書跟西西里島有關，所以我們才會找得半死。」

由香里和海彥還因此衝去義大利餐廳，吃了義式冰淇淋——找書居然還附贈這種好康。可是儘管兩人找到這個地步，還是找不到書。

「借這本書的人也許知道阿島的事。」

也就是阿島失蹤和過世的真相。

由香里單手翻書，看到照片裡睡著的小女孩而停下動作。其他頁面的照片裡都是乾癟癟的木乃伊，只有這張照片裡閉上眼睛的小女孩有著長長的睫毛，顯得格外華麗。

海彥以開玩笑的口吻，微微笑著說：「這個小孩跟你有點像呢。」

相較之下，青木先生的表情非常嚴肅。

「這個孩子名叫羅薩莉亞・倫巴多，是薩拉非亞醫生最棒的作品呦。」

看起來像是睡著似的小女孩，才兩歲便夭折了。薩拉非亞醫生受到小女孩家人的委託，將她做成木乃伊。做成木乃伊之後將近一百年，羅薩莉亞都沉睡在聖方濟修道院的地下墓室。

「但是當時拜託醫生維持小孩原貌的父親和帶給小孩永恆容顏的醫生，如今都早已離開人世了。」青木先生悲傷地說。

3

尋找《薩拉非亞的病歷》沒有任何進展，由香里也沒找出情書草稿，只有時間徒然流逝。

（我到底放到哪裡去了呢？難道跟阿島的學生手冊封底一樣，夾進借來的書裡面了嗎？要是被人看到就丟臉死了。）

可能是由香里淨想著情書草稿的事，看到期中考成績才沒有過於失望，算是不幸中的大幸。

期中考結束後接著來臨的就是校慶。

下課鐘聲響起的瞬間，校園突然活力再現。合唱團練唱的聲音響徹整棟大樓，戲劇社的發聲練習持續到連不相關的人都記了起來，至於決定擺攤的運動社團，準備校慶比練習還勤。

（情書、情書。）

由香里找情書草稿也找得累了，她已經把房間翻過來找了好幾次，表示應該不在家裡，除此之外，她還假裝若無其事地詢問向她借筆記的同學和偷偷調查從圖書館借來的書……儘管如此，還是找不到。

所以她找些別的事情來做，好讓自己暫時忘卻情書草稿不了。畢竟這段時間，校園裡充斥著迎接校慶的熱鬧氣息，她受到這股氣氛的吸引，走向舊校舍。

舊校舍看起來像是木造的西式豪宅，平常總是安安靜靜，只有校慶時期格外熱鬧。每年學生都會在這裡辦鬼屋，或是戲劇社在這裡舉辦實驗劇場。

學生在地板鋪上藍色防水布，擺滿三夾板、工具箱和朋友帶來的飲料和零食，如果有朋友來訪，還可以坐在旁邊陪。

隔壁班的人叫住由香里：「由香里，今天沒跟海彥同學一起嗎？」

「我們看起來像在交往嗎？」

由香里露出具有十足優越感的賊笑，正在布置鬼屋的女孩對她說「去去去」，把她給趕走了。她來到走廊上，眺望窗外的中庭——秋星之庭。

（真想私底下跟海彥同學一起欣賞這個庭院，而不是為了少年靈異偵探隊。）

已過世的秋川福巳和星野老師一起打造的這個庭園，實在美麗。庭院四季總是綻放不同的花朵，葉子有時茂盛，有時變色，校慶時也會對校外人士公開，因此園藝社的同學比其他社團都更加忙碌。

「喂！辣妹，你為什麼在這裡晃來晃去？」

阿島不知何時突然出現在由香里身邊，毫不在意周遭的眼光，大聲説話。忙著準備的學生之中，有兩、三個人轉過頭來看他們。

「阿島小聲點！噓！」

由香里雖已習慣阿島會突然出現，還是得注意周遭的眼光，畢竟世界上還是有少數人看得到幽靈。

「就跟你說沒關係了，沒人看得到我。」

「看得到啦，你看，在鬼屋做假井的人正在看我們。」

「又沒關係，給人看又不會少塊肉。」

海彥一開始也是這樣，有陰陽眼的人，大多無法分辨幽靈和活著的人。由香里覺得這跟靈異的感應能力程度沒有關係，只是一般人不太會去注意自己沒興趣的對象，所以不會發現在視線角落的人其實沒有影子，或是有點透明，這有時候會招致出乎意料的問題。

「小杏不在家政科教室，一直等也不回來。」

小杏是家政科的加藤杏老師，她是阿島還在念白妙東國中時的同班同學，也是阿島暗戀的對象。失蹤十五年後，化為遊魂出現的阿島幾乎忘了自己活著時的所有事情，卻清楚記得加藤杏是他的初戀對象，於是他總以現身為藉口，有事沒事就跑來學校，四處晃蕩，其中他最喜歡的地方，是加藤杏老師所在的家政科教室。

「加藤老師把一臉凶相的年輕男人帶進家政科教室。」

謠言開始流傳時，正是阿島出沒於校園的時間。

所謂一臉凶相的年輕男子一定是阿島沒錯。對於看得到幽靈的人而言，阿島看起來像是加藤老師放蕩的男朋友吧？老師因此遭受不白之冤。但是如果老師看得見阿島，一定也會生氣，只是生氣的理由跟由香里他們不太一樣。

「什麼一臉凶相嘛，請不要用外表來評斷大島同學。」

由香里邊想邊望向學校的中庭，發現和學生一起整理庭院的一名中年男子，親切地向她揮手。

「嗨，你好。」

看起來像是鬼牌小丑的男子一手拿著移植鏟，身穿園藝用圍裙，隔著窗戶站在由香里面前。

「咦？星野老師怎麼會來這裡？」

星野老師在阿島還是學生時，在校擔任理科的老師，現在則已改在站前的白妙升學補習班擔任講師。

「校慶和園藝大賽都快到了，我來擔任臨時指導老師。」

「老師真是辛苦了。」

「楠本同學怎麼了嗎？」

由香里應該是無意識地發呆了吧？只是星野老師居然叫出由香里的名字，讓她大吃一驚。至今見到星野老師不過是第三次，但是她不記得自己曾經報上名字過。

「你的朋友叫你楠本同學對吧？我因為工作的關係，很會記人家的名字。」星野老師說著說著，拿出一張明信片大小的卡片，動作雖然帥氣得像魔術師，表情卻有些哀傷。

卡片上寫著「楠本由香里小姐收」。不只是姓氏，星野老師會知道由香里的全名果然不對勁，但是看到他悲傷的表情，由香里又覺得多問好像很失禮。

「我想為秋川舉辦追思會。」

由香里看到卡片上以花體字寫著「秋川福巳君追思會」。

日期是下個星期天，卡片上畫了簡單的地圖。

「可是我只見過秋川先生一次。」

「你們是秋川生前最後見到的人，你不覺得自己有義務和權利弔念他嗎？」

「我和海彥同學商量看看。」

由香里一這麼說，星野老師困擾地笑了。

「他有女性恐懼症對吧？我想邀請他反而是給他添麻煩，所以沒有準備他的邀請函。還是不邀他，你就不會來？」

「沒這回事。」

其實就是這麼一回事，狡猾的老狐狸少女由香里卻一反往常地逞強。星野老師的話換個說法，可以解釋成讓女性恐懼症的人會不知所措的美女也會出席這場追思會，由香里或許是潛意識在嫉妒也不一定。

「下個星期天嗎？我知道了，我會出席。」

由香里回答，眼睛望向大白楊樹日晷的方向。

星野老師的眼睛跟隨由香里的視線移動。

「你在看什麼呢？」

「咦？呃……」

星野老師代替吞吞吐吐的由香里開口：「過世的人會經過大白楊樹日晷底下，前往天國，所以你在尋找秋川的身影，對嗎？」

內心完全被星野老師看穿，由香里嚇了一大跳。

「老師也知道大白楊樹日晷的傳說嗎？」

「學校的怪談很有趣，我稍微有點研究。不對，其實不只學校，我以前在書上讀過，例如電影院、眾人交錯的全向十字路口或是彼此不認識的陌生人聚集的雞尾酒會，會出現不少不存在的人，也就是幽靈會混進來，」

由香里聽了星野老師的話，想像自己遭到眾多幽靈包圍，有點怕了起來。

星野老師看到由香里僵硬的表情，慌張地搖手。

「對不起，對不起，嚇到你了。」

「老師，請問……」

由香里試探性地看向星野老師。

「老師看得見幽靈嗎？」

「我嗎？」星野老師驚訝地眨了眨眼睛，笑著說：「怎麼可能看得見？」

4

由香里來到秋川福巳的追思會。

她挑了並排在會場角落的椅子坐下，環視排列成四個中島的桌子之間來來往往的人們。

追思會是請了認識秋川的人聚在一起向他告別的儀式，邀請函上卻要求大家不要穿喪服，大概是基於這個原因吧，追思會華麗得宛如慶祝派對，還有模特兒般時髦的女孩出席，難怪星野老師說不方便邀請有女性恐懼症的海彥。

由香里不禁打起哈欠，低頭看看自己身上的衣服，她穿的是祖母傳給她的舊衣服。

祖母平常只穿和服，但年輕時很喜歡滿是荷葉邊的哥德蘿莉風洋裝，直到已經超過八十歲的現在，她以前買的哥德蘿莉風洋裝都還被妥善整理，並幾乎都送給了孫女由香里。

這些麻煩的衣服就跟以前的將軍賜給家臣禮物一樣，絕對不能丟掉，且若不偶爾用給主上看，還會惹得他不高興。今天或許正是個穿出門的好機會，雖然博取祖母的好心情很重要，由香里更想要穿給海彥看。

（海彥同學現在應該在黃昏偵探社吧？）

由香里傳訊息給海彥，告訴他「我今天去參加星野老師舉辦的秋川先生追思會」，她決定追思會結束後就要去找海彥。

（不過為什麼我會這麼睏呢？）

人睡著之前都會胡思亂想，由香里也是一樣。她本來想著海彥，不知何時思緒卻轉到「搞丟的情書」上。

（如果跟祖母大人商量情書草稿的事情，不知道會怎樣？）

如果告訴她有小偷潛入她孫女的房間，偷走情書的話……

「唉呀，這可不能不管！」

由香里的耳邊好像傳來祖母的聲音。

祖母會祭出萬能武器——鈔票，連小草的根都翻過來，想辦法揪出小偷來吧？接著會強化家裡的保全警備，由香里說不定還得向祖母坦承自己喜歡誰。

（好像會鬧得不可開交。）

萬一最後是自己忘記放在哪裡，那可就糟了。

由香里雙手掩嘴，偷偷地打了個哈欠。

穿著入時的客人們單手拿著玻璃杯，三三兩兩聚在一起談笑。客人當中沒有跟由香里年齡相仿的人，她也沒興趣混在大人堆裡聊天，於是一個人呆呆地環視會場。自窗戶灑落的陽光和安裝於四處的燈具，使得會場中的客人腳邊都沒有影子，好像身處於華麗的繪畫裡。

「謝謝你來參加，今天的打扮跟平常穿制服的樣子不一樣，很美呢。」

星野老師走進由香里，遞給她一杯飲料。

這個人也很時髦，一看他身上剪裁良好的西裝就知道，儘管如此，他看起來還是像撲克牌的鬼牌小丑。

「怎麼了嗎？看起來心情不太好？」

星野老師擔心地靠近，凝視著由香里的臉龐。

我不是心情不好，只是在意搞丟的情書草稿。還有就是，覺得哪裡不太對勁。

＊

由香里參加秋川福巳追思會的同時，海彥去找一位出租倉庫的管理人。

此人是名叫佃山十郎的老爺爺，正是《薩拉非亞的病歷》的作者。

佃山爺爺是個瘦巴巴的老人，尖尖的腦袋上長了些許細長的白髮，彷彿植物的根部叢生在頭頂。他的眼神銳利，多話饒舌，簡而言之是個貪婪又頑固的老爺爺。

「你想知道我的祕密，先告訴我你的祕密。」

佃山爺爺跟童話故事裡的惡魔好像。

「啊？」

「不想講就回去。」

佃山爺爺晃動如植物根部的白髮，轉身朝向書桌。

「你不說的話，我來幫你說吧。你是白妙東國中棒球隊的成員，投手，現在念國二吧？夏季大賽只得了亞軍，真是可惜啊，如果第九局的強迫取分戰術成功的話，你們就有機會贏了。」

「為什麼你會知道這些事情？」海彥左邊的太陽穴突然抽痛了起來。

佃山爺爺拿出虎標萬金油，對海彥說：「擦了這個會覺得涼涼的。」

「學長好像說過念書時如果睏了，把虎標萬金油擦在眉毛上就會醒過來。」

「笨蛋，國中生真是笨蛋。」佃山爺爺一臉愉快地説完之後，摸摸眉毛：「不過，我也幹過一樣的蠢事。我曾經進過醫學院，念了很多書喔。」

「喔。」海彥不知道該接什麼話好。

佃山爺爺等得不耐煩，又回到剛剛的話題。

「我會知道是因為夏天無聊，跑去看了你們那場比賽，不過如此而已。」

「啊，原來如此。」

「説話跟變魔術一樣，説穿了就不有趣了。你不要逼我説出原因啊，一點意思也沒有。」

「對、對不起。」

「可是你現在已不打棒球了？讓我遠赴球場看比賽，一直到比賽結束都害我緊張不已的你，現在卻丟下棒球是什麼意思啊？」

「為什麼你知道我沒在打棒球了呢？」

海彥感到不舒服，聲量也不自覺大了。

「要是還在打棒球，怎麼會來這種地方呢？」

「啊，對喔。」

海彥覺得自己很可笑而笑了起來，佃山爺爺也跟著笑了起來。

（這個人真奇怪，總覺得有點像小堇的男朋友有働先生，也跟我有點像。）

外表看來彷彿惡魔的壞心眼老人和帥到像演員的美男子居然讓人覺得相似，海彥自己也不明所以。要是告訴佃山爺爺，還不知道人間疾苦的國中生和他有些相似，他說不定連笑都笑不出來，甚至還會大發雷霆。

「聽說你在逃避社團活動。你不喜歡打棒球了嗎？」

海彥想起之前有働問他的問題。

相較於其他人開口是因為好奇海彥為什麼暫時離開社團，有働的口氣有點不一樣，比較像是在對同是堅持自我興趣的夥伴確認是否安好。佃山爺爺之所以會壞心眼地追究，出發點其實和有働一樣吧？

「呃，呃……」

坐立不安的海彥將以國中生來說太大的雙手握拳，放在膝蓋上，不安地問佃山爺爺：「你也曾經有過不想妥協的夢想嗎？」

「啊？」

佃山爺爺驚訝地張開嘴巴，可以看到右上方少了一顆犬齒。

「國中生，不要問這種青澀的問題。」

「對、對不起。」

「我當然有過夢想，所以才會花大錢自己出書啊！」

佃山爺爺笑了起來，炯炯有神的眼睛也陷進皺紋裡。他出乎意料地是個好人，其實該說是他那笑容看了令人心痛，但也舒緩了海彥緊繃的情緒，因而斷斷續續說出連對同班同學由香里和棒球隊隊友都沒想過要說的話。

「『海彥，玩社團沒關係，但是你也差不多到了該決定將來的時候了。認真打棒球可以讓老師為你在推甄資料上加分，也算好事，不過只能打到國二喔。』夏季大賽結束之後，父親對我說了這些話，我從來沒把棒球當作推甄加分的工具，莫名地對父親感到憤怒，可是我也討厭對父親發怒的自己，結果一碰到棒球，滿腦子都是討厭的事。」

「大人真是卑鄙又骯髒。」

「對，對啊。」

佃山爺爺代替海彥說出一直不敢說出口的話，他的臉色瞬間明亮了起來，但是佃山爺爺卻不斷重複說：「笨蛋，國中生真是笨得可以。」

佃山爺爺翻找了一下菸灰缸，給菸屁股點火。

「你爸爸說的話沒錯。現在是你遠離棒球，有一天會是棒球遠離你，這就跟人總有一天會死一樣，是無法逃避的道理。等到棒球遠離你時，你會覺得還不如死一死比較輕鬆。棒球一定會在你變成老爺爺之前就先離開你，到時候剩下來的日子你要怎麼過呢？」

佃山爺爺的說法讓人愈來愈不舒服。

「如果棒球離開我的話……」

海彥發起脾氣，思索了一下自己的人生，這才發現自己從沒想過之後的日子，驚訝地閉上嘴巴。

佃山爺爺一臉得意地盯著海彥，他本來想說點什麼，最後還是跟海彥一起陷入沉默。他抽完菸屁股後，用力在菸灰缸裡壓扁，力道之大簡直像在教訓討厭的對手，把好幾根菸屁股從鋁製菸灰缸裡擠出來，還不耐地嘖了一聲。

「話說回來，你讀過我的書了吧？」

「呃，我沒讀過，不好意思。」

出乎預料的問題嚇得海彥慌張道歉，他現在才發現來訪問作者，禮貌上該看過書才是。

「要訪問作者之前，禮貌上該先看過書！」佃山爺爺怒罵，說的就跟海彥心裡想的一模一樣。「那本書可是我的心血結晶，雖然在別人眼裡是微不足道的自費出版，我當時沒有太多錢，只印了五十本，不過直到現在仍還有熱情的讀者寫感想或是讚美的信給我。真是想不到，這種內容居然有人願意花八千圓買。」

佃山爺爺的口氣雖然很酸，其實應該是想誇耀。他拉過黑色合成皮的包包，拿出可以抽換順序的透明資料夾。資料夾的每一頁收藏的是讀過《薩拉非亞的病歷》的讀者來信。

「這本書是十五年前出版的對吧？」海彥翻看資料夾。「為什麼要出這種書呢？」

「因為當不了醫生啊，我雖然考上醫學院，程度卻跟不上其他同學，可是我實在很喜歡屍體。」

「咦？」

「我認為分析屍體呈現真相的那種感覺很有趣，所以想當法醫，可悲的是我的頭腦沒有優秀到足以實現夢想，用你們年輕人的說法就是沒有實力。」

「……」

「唉，不要露出那種表情。儘管如此，我還是實現了夢想。」

佃山爺爺把裝了《薩拉非亞的病歷》書迷來信的透明資料夾拉了過去。

「還是有人認同我的夢想。」

「是啊。」

海彥不知道這書對世人有什麼影響，但是只印了五十本的書居然有書迷寫信來，應該算是不簡單了吧。

他老實說出心中想法，佃山爺爺也很坦率地展露喜悅。

「雖然為了出書而花光我本來就不多的積蓄，可是我覺得很值得。也許這麼說有點誇張，不過《薩拉非亞的病歷》是我來過人世一遭的證明，比什麼碑文都還能夠證明我的存在。」

佃山爺爺從海彥手上搶過整本檔案夾，快速地翻找。他應該常常翻閱這個檔案夾，敏捷地把檔案夾中唯一一處變色的頁面遞過來。

「你看，這傢伙真是壞，他在書店看到我寫的書，可是身上的錢不夠，看到另一個客人拿起書來看，就趁對方放下書，遲疑要不要買時偷了書。連這種事情都老實寫在信上，真是夠了。」

佃山爺爺滿面喜色，訴說起信的內容。

對方愈是得意，海彥愈是覺得心酸。他思考起自己心酸的理由，卻意外地發現答案就在佃山爺爺說的話裡。

「棒球會在你變成老爺爺之前就離開你。」

就像棒球之於海彥，佃山爺爺的夢想在他還想要實現夢想的年輕時代便離開了他。儘管如此，他還是想抓住夢想的尾巴，而努力的結晶正是眼前這本《薩拉非亞的病歷》。

「你看，這傢伙注意的地方和其他讀者不一樣。老實說，他的目的和他獲得書的方法一樣骯髒，他想從我這裡挖出書裡沒寫的知識。有趣，這傢伙真是太有趣了。」

這封信不同於其他書迷的來信，關於內容細節的問題多於讚美。

「抱歉百忙之中打擾，希望您可以盡快回答我的問題。」

看到寄信人的名字，海彥眨了好幾下眼睛。

「星野奏太郎」。

＊

「秋川福巳君追思會」沒有人演講，也沒有人聊到秋川，一切只是緩緩地進行，今天的出席者之中好像也沒有故人的國中同學。

由香里從剛剛就一直拚命忍住呵欠，她總覺得好像得想起什麼，然而腦袋不知道是疲倦還是無聊，一片空白。

（不過這家餐廳的餐點真好吃。）

由香里回想起只見過一次的秋川，那是為了問大島，即一九九九年十月十五日失蹤的大島順平的事情而去找他，他敷衍地回答了關於大島的問題，卻很仔細地告訴他們有關星野老師的情報，比如他說過：「星野老師現在在站前的白妙升學補習班當老師，離我公司很近，有時我們會在十字路口擦身而過。啊，現在差不多是傍晚課程結束的時間。」

雖然園藝社的指導老師星野老師是秋川的恩師，但是為什麼他回答問題的熱心程度如此不同呢？

秋川的每一件事情都好奇怪。

由香里和海彥去找他，之後沒多久就過世也令人不可置信。但是最不能接受的應該是秋川本人吧，畢竟從天橋跌下殞命，可能是死於他殺。

由香里邊思考秋川的事，邊從串珠包中拿出今天的邀請函。放不進包包而被對半摺的卡片簡直像是迫不及待地從包包裡飛了出來。由香里想撿起卡片，腳下卻一陣不穩。

不知道是誰失手，灑了一地的鹽巴。

耳邊傳來拍手的聲音，嚇得由香里突然抬起頭來。

「由香里，你怎麼了？該不會是醉了吧？未成年不可以喝酒喔。」

星野老師拿著飲料走過來，笑容可掬地撿起由香里掉落的卡片。

「老師離開學校之後，和秋川先生還是持續來往啊。」

「沒有啊。」星野老師回答得很乾脆。

「咦？」

面對吃驚的由香里，星野老師遞出撿起來的卡片。

由香里指著卡片上寫著主辦人星野奏太郎的地方說：「可是……」

但是她接下來卻說不出話來。如果沒有交情，為什麼要舉辦追思會呢？

由香里想開口詢問，卻無法順利把想法化為句子。她緩緩將手放在額頭上，感覺很冷，額頭卻在冒著汗。

（總覺得，好奇怪。）

她勉強抬起眼睛，剛剛在店裡閒晃談笑的人一個也不剩。

「我已經請他們回去了。」

星野老師指了指灑在地上的鹽巴，又再次大聲地拍手。

「這是驅邪用的鹽巴，他們也很討厭拍手。」

「他們？」

由香里明白老師指的是今天出席追思會的人，但她想問的是那些人究竟是何方神聖。

（啊！）

她瞬間突然明白了，原來剛剛努力想卻又理不出所以來的就是這些出席者，為什麼剛剛沒有發現呢？

這些打扮華麗的出席者都沒有影子。正午的太陽透過蕾絲窗簾照進室內，腳邊出現小小影子的只有由香里和星野老師。

「你看得見幽靈對吧？但是卻無法區別活人和幽靈。」

星野老師的口氣有些諷刺。

由香里回答：「看得見的人都是這樣。」她覺得胸口湧上一陣怒意，可是比起焦躁，胃的沉重和不適更明顯。

「你說的對，有陰陽眼的人通常無法區分幽靈和活人。有大批人聚集的地方例如派對，總會混進不少幽靈，今天則恰巧只有你一個客人是活人。」

「什麼意思？」

「今天的追思會是為了請你來而辦的，我邀請的客人也只有你一個，其他則是我沒找就自己跑來的臨時演員。我之前也說過，擁擠的電影院、十字路口和這種雞尾酒派對，常常混進不少幽靈。他們總是豎著耳朵，一有機會就鑽進來。」

由香里聽不懂星野老師在說什麼，可是星野老師的笑容看起來很嚇人，明明是高興得快爆炸的表情，雙眼卻很陰沉。

「老師明明說看不見幽靈。」由香里的口氣隱含責備。

「那是我騙你的。不過那不是重點吧？無論臨時演員來不來，只要你來了就達成我今天的目的了。」

星野老師的聲音充滿熱情。

（我得趕快離開這裡，得趕快逃出這裡！）

由香里想要放下玻璃杯，手卻滑了一下，玻璃杯跌落在大理石地板上發出尖銳的聲音，碎片四散各處。由香里想要走向出口卻一步也無法前進，只能蹲在原地，全身好像化為一顆大心臟，脈搏劇烈跳動似乎不僅是因為恐懼。

由香里盯著灑在地上的紅色飲料。

（這裡面摻了不好的東西。）

剛剛的倦意突然化為嚴重的暈眩。心情如此急躁，注意力卻完全無法集中。

嗡——嗡——嗡——。

轉成震動模式的手機在手腕上的串珠包裡發出聲響。由香里想要拿出手機，手指卻不聽使喚，無法解開包包的鉤子。

「手機在響喔。」

星野老師從由香里手上拿走包包，刻意在她面前做出輕鬆打開包包的動作，得意洋洋地緩緩拿出鑰匙和手帕，最後才拿出手機。星野老師外表雖然年輕，不過好像已經有老花眼，拿著老遠盯著螢幕看。

「是你那棒球隊的男朋友打電話找你。」

星野老師說完之後便關上電源，放進自己的口袋。

「喂，小偷！」

由香里不禁發起脾氣來。

一陣寒顫與熱氣同時竄過由香里的背脊。她掙扎地想要起身，身體卻失去平衡，倒在地上，臉貼到大理石地板上，感覺好冰。

下一秒，便失去了意識。

5

電話被掛了。

海彥再撥一次電話卻只聽到空虛的語音留言，由香里似乎關了手機電源，他突然湧起一股不好的預感，跳上靠在圍牆上的腳踏車，拚命踩踏板到近乎空轉的地步。

海彥彷彿雜技團的藝人，靈活地穿越站前的人潮，在白妙升學補習班的正門口跳下車，任由腳踏車倒在地上，衝向自動門。

（一定出事了！可是出了什麼事？）

在海彥要撞上自動門之際，玻璃門打開，讓他通過，櫃檯小姐看得都驚呆了。

「您好，歡迎光臨。」

櫃檯小姐看到海彥一臉凶樣，不知道該擺出職業笑容還是該防備。

櫃檯小姐不知所措，海彥一頭衝向前去，急問：「請問星野老師的全名是不是星野奏太郎？」

「啊？」

櫃檯小姐的笑容瞬間都僵了，海彥煩躁地皺起眉頭。

「星野老師的名字是星野奏太郎嗎？」

「呃，是，是的。」櫃檯小姐訝異地點點頭。「星野老師怎麼了嗎？」

「星野老師今天來上課了嗎？」

海彥問到一半才發現櫃檯小姐是年輕的美女，然而不可思議的是他竟然沒有臉紅。由於一路騎腳踏車從出租倉庫衝來這裡，還上氣不接下氣的，這時候他因為緊張，臉色一片鐵青。

「星野老師昨天辭職了。」

「昨天？」海彥一陣腿軟，不禁攀住櫃檯。

「好像是說『終於找到想做的事』之類的理由。」

櫃檯小姐大概感覺到海彥全身散發出責難的氣息，刻意擺出有些困惑的表情。

「由於他本人的辭意堅決，我們也只能答應。補習班當然會負起全責，全力支援星野老師原本負責班級的課程，請不用擔心。中年之後依舊認真逐夢的星野老師，非常偉大！」

「我知道了，再見。」

海彥還沒聽完櫃檯小姐的說明，便以不輸來時的氣勢衝出補習班。

「喂，等一下。」

櫃檯小姐只能啞然目送依舊一臉嚴肅的海彥騎著腳踏車離去。

＊

從車站到學校，就算騎腳踏車一路狂奔也要三十分鐘。速度直逼巴士的海彥沿著公路的自行車道一路衝刺，二十分鐘不到便抵達學校。學校禁止學生騎腳踏車上學，所以校內沒有腳踏車停車場，他把腳踏車停在穿堂旁，直奔舊校舍。

白妙東國中下星期就要舉辦校慶，許多學生星期天也來學校準備。做鬼屋的學生正在三夾板上畫可怕的幽靈，他們把舊校舍的一角圍起來，準備嚇人的陷阱。

坐在走廊上縫製西洋古裝的女孩們突然抬起頭來。

「剛剛經過的不是海彥同學嗎？」

「是海彥同學喔。」

「海彥同學？」

海彥聽到背後傳來說自己名字的低語聲，平常光是這樣就足以讓他神經緊繃，但是今天他正為了更可怕的事情而緊張，沒空為了大家的私語而害羞。現在他聽不到楠本由香里的聲音，那個平常總是在他身邊，有點小狡猾卻又掩護他怕羞個性的楠本由香里。

（那傢伙，都是那傢伙搞的鬼，楠本同學被那傢伙抓去了。）

海彥心中不斷重複的那傢伙，指的便是星野奏太郎。

（但是他為什麼要抓楠本同學呢？為什麼他用偷的也要得到《薩拉非亞

的病歷》呢？）

兩個為什麼相互糾結，化為尚不足以推理的茫然恐懼，驅使海彥前進。

「老師，加藤老師！」

海彥看到和園藝社社員一起忙著的加藤杏老師。

加藤老師聽到有人以近乎哀號的方式呼喚自己的名字，驚訝地抬起頭。

她正在準備校慶要賣的花苗。

「加藤老師為什麼會來園藝社呢？」

「我是來幫忙的，臨時指導老師星野老師突然辭掉顧問職。」

「辭掉了？」

海彥如同鼓脹氣球的心情頓時消氣，兩手放在膝蓋上，喪氣地垂下肩膀。

他仍是氣喘吁吁，不單單是因為從站前狂飆到學校，同時也是因為緊繃的神經就快斷了。

（糟了、糟了、糟了！）

海彥無謂地瞪視加藤老師手上的花苗。

「星野老師為什麼要辭去園藝社的顧問一職呢？」
「他說他已經達成目的，希望學校一定要讓他走。」
「什麼目的？」
「一定是很哲學的目的吧？星野老師沒有具體說明。」
「聽說星野老師今天舉辦了秋川先生的追思會，老師知道會場在哪裡嗎？他沒有邀請您嗎？」
「咦，他沒有邀請我吔。」
加藤老師露出受傷的表情，海彥揮動雙手吶喊：「不是，我不是這個意思。」
邀請和秋川毫無關係的楠本由香里，卻沒邀請學生時代和亡者是好友的加藤老師，世上哪有這種追思會？

＊

海彥又騎上腳踏車，一路飆到黃昏偵探社。比海彥早一班搭上電梯的由香里祖母正在大發雷霆。

「我找不到我孫女由香里！你是偵探，給我想辦法！」

「老太太、老太太，小的請您務必冷靜下來。」

青木先生叫由香里的祖母「老太太」，還用一般不會用到的最高敬語，又是搓手又是鞠躬，慌張的樣子看起來很可憐。

「我今天和由香里約好了。」

老太太預定要全家出動，一起去看芭蕾舞表演。

「由香里居然到現在都還沒回來，就連我特意買給她的手機也打不通，這很不尋常。你你你，快點給我把由香里找出來。」

老太太拿出寫著「謝禮」的大紅包，用力敲打辦公桌。

受到老太太威嚇的青木先生不知所措，看到開門走進來的海彥就想把壓力丟給他，但是海彥根本沒空判斷現場的氣氛。

「糟了！楠本同學出事了！我們得馬上找到她！」

「你說由香里出事了是怎麼一回事？是出了什麼事？又是怎麼個糟法？那孩子現在在哪裡？在做什麼？」

「吵死了！」

躺在客用沙發上睡午覺的大島，兩手摩擦睡歪的臉，邊朝這裡走過來。

「從有馬屋書店偷走《薩拉非亞的病歷》的是以前在白妙東國中負責生活輔導的星野老師！」

「你說什麼？真的嗎？不能饒了那傢伙！」

海彥打斷發怒的大島，快速地說下去：「星野老師將那本書讀得很仔細，還寫信問作者問題，對於做木乃伊很執著。」

「小少爺，看來好像發生了什麼大事，但是最重要的是我家的由香里……」

「今天星野老師舉辦了秋川先生的追思會，邀請楠本同學參加。」

「既然如此，你們就趕快連絡那個叫什麼星野的人。」

海彥和青木先生聽到老太太的話，看了看彼此接著都搖搖頭，因為沒有人知道星野老師的聯絡方式。

「追思會是在哪裡舉辦的？」

老太太的質問像是賞了大家一巴掌，卻沒有人能回答。

「那個追思會實在奇怪，根本沒有邀請跟秋川先生有關的人，也就是說追思會從頭到尾就是藉口，星野老師還辭去補習班的工作，理由是『找到想做的事』。」

「他想做什麼事？」

正當青木要插嘴時，偵探社的電話響了。

老太太以為是孫女打來的，要大家閉嘴，結果是市立圖書館打來的電話。

「青木先生，您借的《薩拉非亞的病歷》已經過了借閱期限。」

聽到話筒傳來的聲音，所有人一起喘了一大口氣。

海彥翻開市立圖書館所說的《薩拉非亞的病歷》，盯著其中某一頁。那一頁的照片特寫一名額頭寬寬的鬈髮女孩，長長的睫毛，眼睛閉上，正在睡覺。證明大島身分的文件——學生手冊的封底，正巧從那一頁掉了下來。

「哎呀，好可愛的睡臉。」

老太太忍不住稱讚，海彥把臉湊過去，對老太太搖頭。

「這個孩子已經死了，被做成木乃伊，名字叫做羅薩莉亞．倫巴多，一百多年前就死了。」

「啊，這麼說來，我去西西里島玩時的確聽過這件事。」

老太太把食指抵在太陽穴上，像在回想以往的記憶。她突然皺起眉頭：「這孩子有點像我家的由香里呢。」

「是啊，我第一次看到時也是這麼想。」海彥彷彿胸口受到壓迫，把手伸向喉嚨，湧上心頭的不安妨礙他思考。他繼續說話，宛如在自問自答：「星野那傢伙找到了他的羅薩莉亞．倫巴多，也就是楠本同學。」

星野每年都會在校慶時擔任園藝社的臨時指導老師，所以他可能不是今年，而是去年找到了長得像羅薩莉亞．倫巴多的學生——由香里，接著由香里本人竟然造訪補習班，來詢問關於大島失蹤一事，他看到由香里來訪時不知有多高興。

（簡直就是自投羅網。）

海彥想到這裡，不禁皺起眉頭。

「星野老師之所以辭去補習班講師跟園藝社的臨時顧問一職，就是因為他已經達成目的了。」

「所謂的目的指的是？」老太太問海彥。

「我想，應該是邀請楠本同學參加秋川先生的追思會。」

「小少爺，我聽不懂你說的意思。」

青木先生拿開話筒，聆聽海彥的分析，空著的手則忙碌地翻找電話簿。

「秋川先生的追思會其實是綁架楠本同學的陷阱，他真正的目的是要殺、殺了楠本同學，把楠本同學做成跟羅薩莉亞・倫巴多一樣美麗的木乃伊。」

「啊！」老太太尖聲哀號。

「小海，你的思考也太跳躍了。因為給辣妹邀請函就辭去園藝社臨時指導老師，這兩者之間已經很不合邏輯，最重要的是他『想做的事』是製作木乃伊，雖然我也不知道事情真相如何，但為了做木乃伊而辭掉補習班的工作，這推理未免也太牽強。」

「我不管什麼牽強不牽強，總之得趕快報警，要警察馬上給我找出由香里來。」

面對轉身就要走出偵探社的老太太，海彥趕緊抓住她的袖子。

「您現在去報警，警方也只會說跟大島先生一樣的話。」

海彥抱著頭，蹲在《薩拉非亞的病歷》前，拚命翻閱書頁，指尖沿著文字移動，突然像是被吸住一樣停在某處。

（聖方濟修道院。）

聖方濟修道院的地下墓室裡躺著許多死後被做成木乃伊的遺體，由薩拉非亞醫生經手，百年不變的羅薩莉亞也是安放於此處。

「所有的人聽我說！」

青木先生講完電話之後，拍了一下手吸引大家注意。

「剛剛市立圖書館打電話來，說知道之前是誰借了《薩拉非亞的病歷》。」青木先生指著海彥緊抓不放的書說。

「這麼簡單就可以問到嗎？」
「交給我辦就很簡單了。」
青木先生高傲地笑著，又像偶像跳舞一樣以食指在空中畫圈。
「那傢伙一共借了五次，其中兩次還是連續借的，而且借的時間剛好都是一九九九年十月十五日前後，很奇怪吧？」
「嗯，很怪，哪裡怪怪的。」
《薩拉非亞的病歷》上次借出已經是十五年前的事，借閱者撕下大島的學生手冊封底拿來當書籤，若不是充滿惡意的人，做不出這種事。
「那上一次借這書的人究竟是誰？」
「小菅進一，也就是 Ristorante Cappuccino 的主廚。」
正在搜尋書中敍述的海彥，接著青木先生的話繼續說下去。
「羅薩莉亞．倫巴多的遺體安放於聖方濟修道院的靈骨堂，書上說 Cappuccino 一詞是源自聖方濟。」
「所以是暗示聖方濟即 Cappuccino 嗎？」

面對老太太的疑問，海彥用力地點頭。

「Ristorante Cappuccino 對星野來說，正是他心中的聖方濟修道院地下墓室。」

阿島像是對老太太說明一樣插嘴。

「那間叫做 Ristorante Cappuccino 的餐廳，他們之前去找有馬屋書店的書時進去過，那時候星野也在呢。」

「兩名賊人你都見過？」

老太太喃喃道出古裝劇的台詞。

「星野說過主廚是他的西西里島同好。」

「所以他們不是西西里島同好，而是木乃伊同好，還用修道院的名字給餐廳取名字，真不怕遭天譴。」

青木先生一副受不了的樣子。

「我明白了，如果你跳躍式的推理是正確的，我家由香里現在應該在那裡對吧？」

老太太舉起纖細的手，抓了抓從髮髻散落在後頸的頭髮。

「Ristorante Cappuccino不就在這附近嗎？剛剛車子經過時，還掛著公休日的牌子。」

「那就更奇怪了，老太太。」

日光照在青木先生的眼鏡鏡框上，反射光芒。

6

老太太的注意力和記憶力就跟怪物一樣。

「Ristorante Cappuccino是在十五年前開幕。」

「果然是十五年前嗎？」

海彥、阿島和青木先生彼此互望。

「嗯，我記得很清楚。」

老太太下班回家時，會記下車窗外的所有風景。在她的記憶當中，餐廳原先還是空房子時，窗戶上貼了不動產公司的名稱。

「我記得是市旗不動產。」

「啊！」

青木先生突然大叫一聲。

「真是太巧了，管理那棟房子的不動產公司社長欠我一點人情。」

「既然知道，就不能再拖了。」

老太太揮動袖子，朝黃昏偵探社的成員招手。

偵探社所在的大樓前方只有一個停車位，現在停了一輛半個車身都突出停車位的黑頭車，老太太帶領大家坐進黑頭車裡。

「去市旗不動產。」所有人異口同聲，簡直像是練習過一樣。

巨大的車身靈巧地鑽過小巷，朝先前曾來委託處理五叉路口空店面問題的不動產公司前進。

「哦，青木先生今天帶客人來嗎？」

禿頭又尖又亮的社長一發現是青木先生，馬上從辦公室深處走出來。

其他員工不知道是不是帶客戶去看房子了，辦公室裡沒有半個人。

社長的視線馬上對上一群訪客之中，一看就知道比所有人都有錢得多的老太太身上。

「老奶奶，您要找什麼樣的房子呢？如果是附看護的銀髮族公寓，我手頭上有貴一點但是很好的房子可以介紹。」

「社長，我們今天來不是為了找房子，這位老太太急著要 Ristorante Cappuccino 的鑰匙，請趕快給我們。」

「今天是 Ristorante Cappuccino 的公休日吧？」

「你這個人怎麼聽不懂啊？我們這不就來借鑰匙了嗎？」

青木先生一鬧彆扭，社長便露出沉穩的笑容，看著老太太。

「您要我打開公休日的餐廳大門嗎？老奶奶呀，不管肚子有多餓都不能這麼做啊。這附近可以吃到水果聖代，也有拿坡里義大利麵，而且還很好吃呢，請去那些餐廳吃飯吧。」

這位社長很怕幽靈，只要手頭上的房子出現靈異現象，就會跑去委託黃昏偵探社解決，但是他似乎不明白自己現在惹火了比幽靈更可怕的人。

老太太像機器人舉起紅葉圖案高雅的和服袖子，不高興地清了清喉嚨，站在老太太身後的海彥、阿島和青木先生瞬間立正站好。老太太望向站在正中間的阿島，用扇子指向他，就像諸葛孔明揮動羽扇。

「那個叫什麼阿島的，附身到那位紳士身上一下。」

「好好好。」

阿島踏出一步，擺出平常跟海彥打架的姿勢，衝向尖頭尖腦的社長。他扭動身體，纏在社長身上，散發強烈的寒氣。

發癢加上發冷，最重要的是徹底體驗恐怖的幽靈附身使得社長腦袋空白，癱坐在沙發上。

「啊，青木先生，這是那個相關的委託嗎？」

社長把兩手舉到胸前垂下，擺出幽靈的姿勢。老太太輕巧迅速地遞出必殺技——塞滿鈔票的紅包。

「來，幫我打開 Ristorante Cappuccino 的大門。」

「可是……」

「我的孫女現在可能遭人監禁於 Ristorante Cappuccino，你不馬上幫我開門，就讓這個阿島每天晚上去找你。」

「哦，聽起來很有趣啊。」

社長發現了阿島突然充滿幹勁的半透明身影，他因恐懼而失去冷靜，從金庫拿出鑰匙後便頭也不回地衝向 Ristorante Cappuccino。

*

Ristorante Cappuccino 的確跟老太太的記憶一樣，門口掛著「公休日」的牌子，大門深鎖。

「快點快點，老太太在生氣了！」

尖尖的腦袋滿是汗水的社長在青木先生的催促下打開餐廳的大門。店裡充斥食物與酒精的味道，卻不見半個人影；大理石地板上有一灘紅酒，破掉的玻璃杯也散落一地。

海彥在青木先生開口之前，就先查看了餐廳的二樓、餐廳後方的辦公室和廚房，但還是沒有發現任何人。

然而符合餐廳一樓杯盤狼藉的景況，廚房看起來也是做菜做到一半的樣子。儘管瓦斯爐已經關火，用來做甜點的水果卻剝到一半，融化的冰淇淋也流到流理台上。

「由香里——由香里——」

老太太的聲音在空蕩蕩的餐廳裡發出回音，拖著尾音消失。

「你們看，那裡有樓梯，原來有地下室。」

海彥衝下階梯，推開樓梯下方的門，摸索電燈開關。其他人也都噠噠噠地衝到地下室時，頭上的日光燈也亮了起來。海彥腦中閃過《薩拉非亞的病歷》提到的聖方濟修道院地下墓室，但是他壓抑了接著湧上的可怕聯想。

在焦躁的情緒與想逃走的心情包夾之下，海彥環視了四周，地下室是蔬菜和紅酒的儲藏室，他發現有個眼熟的人靠在架子上睡覺。

「這個人是……」

餐廳的主廚小菅進一，一臉悠哉的睡相消除了眾人緊繃的情緒。他是星野老師的西西里島同好，也是把阿島學生手冊封底當作書籤，夾在從圖書館借來的《薩拉非亞的病歷》裡的人。小菅主廚雙手抱著廚師帽，靠在架子上睡覺，愉快的表情好像就要說出夢話。

「小菅先生，小菅先生，你怎麼在這裡睡覺呢？」

市旗不動產的社長無奈地呼喚，對方卻毫無反應。社長聳聳肩膀，回頭看大家。

「這個人就是跟我租店面的人，你們剛剛提到的那個星野，是他的連帶保證人。」

「這兩個人究竟是什麼關係呢？」

青木先生和老太太擺出一樣的姿勢，望向社長。

「他們說是大學時代的好朋友。你們也好，這些人也是，到底是怎麼一回事？一個是使出奇怪的手段逼我來到餐廳，到了餐廳又發現主廚丟著餐廳不管，在打瞌睡。」

社長邊把鑰匙塞進褲子的後方口袋，邊靠近主廚，搖晃他的肩膀，想把他叫醒。

「喂，小菅先生，你丟著工作不管，在這種地方睡覺……」

但是社長話說到一半就說不下去了。

主廚拿著廚師帽，一臉安詳地倒下。

「他死了。」

社長的聲音彷彿開關，讓所有人停下動作。

主廚的屍體已僵直，脖子和關節都呈現不自然的角度，臉上的表情卻還是一樣愉悅。

「唉呀，這可是大事一樁。」

最先恢復冷靜的是老太太。她拍了好幾下青木先生的臉頰，用力揮開他抓住自己袖子的手，走進可怕的現場。

「老、老太太，這裡是殺人事件的案發現場啊！警察劇都說這種時候最重要的是要保持現場完整……」

「不要說蠢話，我來找孫女，竟然發現有人死掉，保持現場完整干我什麼事？」

老太太和阿島翻查地下室的架子和隔間。

「啊，老太太……」

支支吾吾的青木先生抓住剛好走來身邊的海彥手臂。

「好可怕，你陪我！」

「青木先生，放手，放手，你放手！」

海彥甩開青木先生的手，並貼近安詳死去的小菅主廚圓滾滾屍體。青木先生背後是和他一樣害怕的社長，如少女般顫抖，他的恐懼似乎傳染給海彥，海彥的膝蓋也抖了起來。

「喂，你，找警察！打電話給警察啊！」

「啊，對喔。」

海彥避開不看屍體，邊從牛仔褲的口袋中拿出手機。

「喂，請問是警察局嗎？」

「要報案嗎？是刑事案件還是意外？」

海彥對話筒另一端的警察回答：「應該是刑事案件。」他描述完眼前的狀況和報上名字之後，青木先生還是不知所措。

「你也不可以亂動，要保持現場，保持現場！」

海彥掛掉電話後，冷靜下來。不，應該是想起來到這裡的目的而忘記了恐懼。青木先生的聲音從右耳進，又從左耳出，海彥也加入老太太、阿島的行列，一起搜尋整個地下室。

老太太在並不寬廣的地下室呼喊由香里的名字，傳來如同卡拉OK包廂的厚重回音。

（楠本同學，求求你，不要在這裡。）

既然喊成這樣都沒反應，還不如不要在這裡的好。如果在這裡找到人，表示楠本由香里已經跟小菅主廚一樣慘遭殺害。

正當海彥邊尋找邊祈禱由香里不在這裡時，突然發現一個奇怪的物體。他一開始以為是冰箱，但很快發現不是，因為他沒看過也沒聽過世上有這麼矮的冰箱。

「這是什麼？」

海彥找到的是蓋了玻璃蓋的箱子。

箱子的設計厚重莊嚴，跟海彥小時候在繪本裡看過的——《白雪公主》的玻璃棺材很像。但是棺材裡躺的並不是白雪公主，而是劉海往上捲，側邊頭髮服服貼貼的國中男生。

「咦，這不是我嗎？」

從後面走過來的阿島，指著棺材說。

＊

由香里在自己的房間裡醒來。

「嗯？」

映入眼簾的是淡藍色的格子窗簾、祖母買給她的世界偉人傳和圖鑑、上學用的書包和制服、手機的充電器、邊緣缺了一塊只好拿來當筆筒的心愛馬克杯、跟朋友一起買的衣服和母親親手編的貴賓狗娃娃。每一樣東西都很熟悉，房間整體的氛圍卻是陌生的。

由香里的頭頂很痛，一動就想吐，跟過年時趁家人不注意，喝完一整瓶紅酒時的感覺很像。

（星野那傢伙，居然騙我喝酒。）

由香里雙手撐住疼痛的頭部，反芻記憶後卻陷入迷惘。在 Ristorante Cappuccino 所發生的事情究竟是現實還是夢境呢？

（糟了！我跟祖母大人約了要去看芭蕾舞表演，要是敢放祖母鴿子，又要被禁足了。）

由香里慌慌張張衝向衣櫃，卻發現自己不知何時已換好衣服，身上穿的是祖母留給她的舊衣服——好多好多荷葉邊的哥德蘿莉風洋裝。

（我難道穿著這身衣服睡著了嗎？不對，我是穿著這身衣服去 Ristorante Cappuccino。）

到底哪些部分是夢境、哪些部分是現實呢？

由香里發現書架上混雜了不是自己的書，《薩拉非亞的病歷》——這是十五年前在有馬屋書店遭竊的最後一本書。

（這本書為什麼會在這裡呢？）

由香里茫然地拿起書，另一個她覺得不對勁的地方則是房間裡的時鐘不見了。

由香里的房間有三個時鐘：聲音沉穩的電子式鬧鐘、滴滴答答的傳統時鐘和爸爸去出差時買回來送她的咕咕鐘，這三個時鐘都不見了。每天早上鬧鐘一響，由香里總會詛咒鬧鐘：「你這傢伙，我要把你收掉！」

「但是正常情況下不會連咕咕鐘都收掉的吧？」

由香里想要打開衣櫃尋找時鐘，卻踢到東西差點跌倒。用力撞上東西的小趾頭痛到讓她流下眼淚。

「搞什麼啊？」

床邊有另一個很像把床變小的物體，上面蓋了傳統的緹花布。由香里沒見過這個東西，也不記得曾經把這玩意兒搬進房間裡。

「這是什麼？」

由香里憤怒地掀開緹花布，細微的塵埃四處飛散，緹花布底下出現一個細長的箱子。不，這不是箱子，是棺材，蓋子是玻璃做成，簡直就跟《白雪公主》裡的棺材一樣。

「媽媽，媽媽，我的房間裡有怪東西，害我撞到了小趾頭。」

由香里以帶有鼻音的聲音半是抱怨半是撒嬌，伸手去轉門把，但是門卻打不開，明明沒有上鎖，難道是門外面放了什麼重物擋著嗎？

（還是……）

門把的觸感和由香里熟悉的房間門把有些不同，她像是被燙到一樣，迅速放開門把。腦袋轉動之前，她先衝向窗簾，用差點要把窗簾扯下來的力道拉開淡藍色的格子窗廉。

「啊？」

窗簾背後不是熟悉的鋁窗，而是一面大鏡子，本來是窗戶的地方，裝上了鏡子，望向床旁邊的窗戶，也一樣裝了鏡子，此外還有一個不可置信的東西——由香里以為不見的情書草稿居然就貼在那裡，寫滿由香里害羞心情的報告紙上，被打了一個紅色的大叉，右上方還粗暴地寫上「零分」。紅色的墨水彷彿滲出淤積於人類心底的黑色情緒。

好可怕。

由香里不明所以地又感到跟喝醉時一樣的心悸。

不，秋川先生的追思會一定是我剛剛做的夢。不對，如果是夢的話，我為什麼會穿著滿是荷葉邊的洋裝呢？正當由香里因疑惑與混亂而差點昏倒時，耳邊傳來一陣擠壓的聲音，沒有門也沒有窗的牆面竟然跟門一樣被打開了，從牆面走進來的是長鬈髮、長得像鬼牌小丑的大叔——星野老師。

「你醒啦？還未成年不可以喝酒喔。」

星野老師的口氣有些不屑。

「老師為什麼會走進我的房間呢？」

「哦，這麼像啊？那就不枉費我努力打造了。」

「啊？」

面對啞口無言的由香里，星野老師饒舌地說明了起來。

這裡是另一個跟由香里房間一模一樣的空間。

「要裝潢、還要將你的東西調來，可讓我費了一番苦心。」

一次是假扮裝潢業者，堂堂從大門走進由香里家，另一次是從浴室開著的窗戶潛入。

「那也是老師做的嗎？」

由香里只移動眼珠，望向紅筆亂畫的情書草稿。剛剛的恐懼紛紛煙消雲散，心頭湧上另一股炙熱漩渦般的情緒，一種充滿厭惡的感情——憤怒。

「是啊。」

「……」

星野老師不知道由香里積了滿肚子的怒意，故意問她：「你發現時鐘不見了嗎？」
「嗯。」由香里本來想無視星野老師，卻被他執拗的直視逼得點頭。
星野老師非常享受由香里的反應，高興得令人反感。
「反正時間已經和我們沒有關係，不過其實是我找不到咕咕鐘。」
「為什麼你要做這些事？」
「因為我愛你啊。」
星野老師伸手過來，抓住由香里的下巴，一陣寒意竄過由香里全身。
「噁心！」
「你居然說我噁心。」星野老師一臉受傷的表情。「我不會要求你對我為你做過和接下來要做的事情表達感謝，但你好歹明白我的心意，了解我為你做到這種地步的心意。就連這個房間也是我希望能讓你放鬆，誠心誠意打造而成的，為了要把精神都集中在你身上，我連工作都辭了。」
心意、心意，星野老師不斷重複「心意」兩字，可是誰會懂這麼奇怪的心意？

（我接下來究竟會怎麼樣呢？）

一想到不可能平安無事，由香里便全身無力。

「啊？」

由香里明明記得自己剛剛並沒有翻開《薩拉非亞的病歷》，現在卻看見了其中一頁，那一整頁是名為羅薩莉亞・倫巴多的小女孩睡著的模樣。

不對，她不是在睡覺，那是屍體接受完美防腐處理所製成的木乃伊，隔壁那一頁則是介紹安放她屍體的聖方濟修道院地下墓室。聖方濟是頭巾的意思，方濟會的信徒習慣死後把屍體做成木乃伊下葬。

（我像這孩子嗎？）

鏡子裡的由香里以監視般的銳利眼神凝視自己。

「這個小女孩跟你有點像呢。」

對了，之前海彥也說過一樣的話，他說我跟羅薩莉亞・倫巴多有點像。

阿島出現之後，所有相關人士和未解之謎都快速地在由香里腦中打轉。

「這本書是老師十五前年從有馬屋書店偷來的對吧？」

「為什麼你會這樣想呢？」

「因為老師是壞人，不覺得偷書有什麼。」

「說我是壞人，你用的字眼還真單純。」

星野老師苦笑著，但他若以為這樣就能矇混過去，那真是大錯特錯。

「老師當時需要這本書吧？因為你要處理屍體。」

「處理屍體？」星野老師嘲諷地重複由香里的話。

「大島順平的屍體。」

由香里一說出口，對方臉上馬上失去表情。

窗戶裡的鏡子映照出房間中凝結的空氣。

由香里也變得面無表情，跟睡著的羅薩莉亞一樣。

「聽說大島順平在十五年前破壞學校中庭，被老師叫去，但他沒有理會並就此失蹤了，這是騙人的對吧？他其實去找老師了，或是他想逃走時被你抓去教訓一頓。」

但是大島順平絲毫沒有反省的意思，甚至可能以暴力回應。

「殺人事件的現場是秋星之庭嗎？」

當時年僅五歲的須藤湖湖菜常跑進白妙東國中的校舍，獨自玩耍，當時她正在眺望她喜愛的中庭，正巧目睹了星野老師殺害大島的現場。湖湖菜之所以會靈魂出竅，就是因為目擊了殺人過程。

（湖湖菜看到別人吵架會害怕得不得了，也因此只有身體變成大人的須藤小姐看見海彥同學他們打架才會如此恐慌。）

星野老師犯下殺人之罪，並面臨必須處理屍體的麻煩。

「屍體不論怎麼藏都一定會被發現，但若是加工成木乃伊，就沒那麼容易找到了。」

由香里也快要被加工成木乃伊了。即使挖掘出過去被隱瞞的事情，但現下要如何才能獲救，由香里一點頭緒也沒有，但她還是無法停止追溯星野老師的犯罪軌跡。

房間的氣氛出現異動。

「他當時情緒很激動，衝過來打我，你應該不會責備我躲過他的拳頭吧！我瞬間避開衝過來要打我的大島，身後剛好有一把園藝用的三齒叉。三齒叉就像一把大叉子，與握把呈九十度角的園藝工具。大島運氣不好，往前撲倒時剛好胸部撞上三齒叉，當場就死了。」

「如果是意外，為什麼要隱瞞呢？阿島，呃，大島先生的家人和朋友都找過他吧？」

「他們才沒找過呢，大島的父母根本就當作沒他這個人。」

「這不是重點吧？」

「對，這不是重點。大島在沒有人目擊的情況下死了，而且還是在負責學生生活輔導的我面前，這個問題學生因三齒叉插進心臟而死了。就算說實話，就算世人也都相信我，但是我這個老師要怎麼繼續當下去？」

「所以你就隱瞞真相嗎？」

「對，就是這麼一回事。」

面對由香里的提問，星野老師的表情亮了起來，甚至可以說很興奮。

（啊……）

由香里突然覺得說不定他本來就很想要人類的屍體。

星野老師讀了《薩拉非亞的病歷》，深受內容所吸引，或許他曾夢想依照書中說明製造木乃伊。倘若如此，阿島在他面前死掉，是天賜良機，而非意外。

「老師，是這樣嗎？」

「哼。」

由香里提出自己的推理。星野老師雖不正面回答，卻笑得非常高興。

遠方傳來規律的沉重腳步聲，好像在爬樓梯，宛如不存在於這個房間的時鐘在告知時間，催促眾人加快腳步。

「你真冷靜，不虧是身負重任的人，也很有勇氣。」

星野老師擅自打開由香里桌子的抽屜——不，嚴格來說這裡沒有一樣是由香里的東西，拿出了放在裡面的紅酒。

「謝謝你這麼懂我，接下來你只要喝完這杯酒，任務就結束了。」

星野老師把噁心的液體倒進紅酒杯中。

由香里趁著老師倒酒的空隙，衝向剛剛他走進來的洞，但已關上的牆壁沒有把手，即使由香里又推又敲，依舊紋風不動。

「居然想逃跑？我費了一番苦心，做了這個房間讓你臨終前可以好好放鬆，好歹也體諒一下我的心意。」

「別開玩笑！」

「這個一點也不苦，我已經實驗過了，你不用擔心。」

星野老師一臉嚴肅地告訴由香里，他拿了一樣的飲料給 Ristorante Cappuccino 的主廚喝，他的這名友人喝這款飲料時是感到多麼美味，死時又是多麼地安詳。

「不趕快動手，你就會長大成人，離羅薩莉亞的年齡愈來愈遠，到時候楚楚可人的美貌也會逐漸消失。」

多管閒事！

由香里一抵抗，玻璃杯裡的飲料便灑了出來。

「任性也要有個限度！」

星野老師打了由香里一巴掌，她撞向牆壁，老師整個人逼近她，緊貼的身體傳來帶汗的溫熱體溫，奇異的甜蜜氣息籠罩在她的臉上。

噁心，好噁心，好可怕！

「是說你之前為什麼來找我問大島的事呢？是來鼓勵我的吧？來誘惑我把你做成跟大島一樣的木乃伊吧？」

「少說蠢話了，我要是知道阿島的遺體變成木乃伊，早就告訴他本人了，嗚嗚嗚。」

星野老師捏住由香里的鼻子，把毒紅酒貼近她因呼吸困難而張開的嘴巴。

（啊，我不行了，大家再見了。）

（早知道我就認真寫封情書給海彥同學了。）

（早知道就多抱他幾下。）

（早知道就該先親他。）

（嗯？）

剛剛聽見的腳步聲突然停了下來，房間的溫度也瞬間下降了好幾度。

「告訴他？告訴誰？」
正當星野老師開口時，劉海往上捲得十分完美，側邊頭髮抹得油油亮亮，全身打扮得一絲不苟的年輕男子穿牆走進房間。
「辣妹，你房間果然很俗，有夠沒品味！」
熟悉的聲音一說完，男子就擺脫重力的束縛與生物的常識，漂浮在半空中。他伸長沒有骨頭的身體，像蛇般纏繞著星野老師。
「要是有人敢對你亂來，我會附身幹掉他。」
（對了，阿島之前曾經答應過我的！）
由香里心底感到一陣酥酥癢，開心與安心讓她全身癱軟倒下，緊接著又對阿島怒吼：「阿島，你怎麼來得這麼慢！」
「再怎麼說，我仍是個守信的男人。」
寒氣打轉綁住星野老師，就連由香里都可以感受到那股寒冷。
「我好恨啊。」阿島低聲說完之後又哈哈大笑。
他的聲音後方傳來許多人推擠前進的氣息。

「白妙警察署！裡面有人在嗎？」

有啊。

由香里回答之前，警察便打破跟牆壁化為一體的門，衝了進來。

「由香里！」

祖母的聲音帶著哭腔，青木先生也在呼喚由香里。

「楠本同學！」

最後是海彥的聲音。

尾聲

警察是因為其他案件而對星野老師起疑，加上海彥打電話報警，才急忙趕來協助。至於由香里的情書草稿，則被當作證據，由警方帶走了。

（啊，我楠本由香里居然留下如此丟人的紀錄……）

假房間的真相令人無言。

原來星野老師是在自己家打造了一個由香里的房間。

「就某方面來說，他很擅長動手自己做。」

青木先生邊看報紙，邊評論。

就連把大島做成木乃伊的現場也是在老師家。

「什麼動手自己做，別開玩笑了。」

大島順利地從遊魂轉變成怨靈，由香里覺得他比之前更沒耐心，他不再像以前那樣躺在客用沙發上睡午覺，一旦發現杯子上有茶漬或是誰忘記關廁所燈之類的小事就大發脾氣。

「大島會這麼煩躁是缺乏鈣質，還有在咖啡裡加太多糖了。」

「加點砂糖又不會死，小氣鬼。」

阿島想把青木先生正在吃的模範生點心餅搶過來，兩人搶來搶去最後竟然灑了一地，他們同時「啊」地叫了一聲，最後只好命令海彥出去買模範生點心餅回來。

「便利商店要是有晚報也順便買。」

青木先生拍拍日報，邊吩咐。

海彥他們在餐廳發現的屍體果然是主廚小菅進一。

十五年前星野老師把阿島的屍體帶來餐廳時，小菅主廚和星野老師一起把阿島做成木乃伊。

星野老師為了調製讓由香里喝了不覺得苦的毒藥，甚至把夥伴當作實驗用的白老鼠。做到這個地步，有人說星野老師的精神已出問題，失去行為能力，但由香里認為會想殺人的，沒有一個是精神正常。

星野老師沒告訴由香里，其實他還犯下了許多罪行。

十五年前，園藝社的社長秋川福巳目擊了阿島喪命的事件，卻無法告訴任何人，理由跟湖湖菜小姐的靈魂脫離身體一樣——他非常害怕。

和湖湖菜不一樣的是秋川被星野老師發現他目擊了殺人過程。

星野老師完美隱藏阿島的屍體之後，對秋川說：「你什麼也沒看到對吧？要是你敢說出去，就連你也會跟大島一樣消失。」

星野老師恐嚇秋川要是敢多嘴的話，就會和大島順平有一樣的下場。除此之外，星野老師還逼迫他答應殘酷的約定：「你什麼也沒看見，所以不會告訴任何人。你能證明給我看，一定不會食言嗎？讓我看看你的決心。」

「我，不會告訴任何人我在庭院裡看到了什麼，我保證……」

秋川向星野老師發誓，以他最喜歡的園藝作擔保。

星野老師徹底隱藏大島事件的真相與屍體之後，辭去學校的工作，改行當補習班老師。

秋川原本以為可以擺脫威脅自己的恐怖對手，但事與願違，其實改行當補習班老師之後，星野老師再也不會調職（譯注：日本的老師大約每三年會調一次學校，範圍還是在同一個縣市內），可以一路監視他長大成人。

沒人能找到大島順平更加深了秋川的恐懼。倘若現在才說出大島順平的事，一定沒有人會相信。另一方面，如果打破誓言，自己也會落得跟大島一樣的下場。

星野老師這十五年來，成功地威脅著秋川。

直到那一天，也就是由香里與海彥為了調查阿島的生平而去拜訪他的那一天。星野老師以為秋川想藉此暗示他：「這兩個孩子知道那個祕密喔。」於是那天他埋伏在天橋上，將食言的秋川從天橋上推了下去。

警方會找上星野老師正是他有殺害秋川的嫌疑。

「我回來了。」

「你回來啦，有晚報嗎？」

「有，然後我在便利商店遇到加藤杏老師。」

海彥才說完，阿島的眼神就變了。

「你說什麼？為什麼不馬上聯絡我？你到底帶手機是幹什麼用的啊？」

「因為老師馬上就走出店了。」

「你這個笨蛋！」

阿島變成怨靈之後，真的很沒耐性，於是對海彥使出之前用在最大的敵人——星野老師身上的必殺技（那個纏繞攻擊）。

阿島之所以會變成怨靈，與其說是星野老師的犯罪遭人揭露，不如說是上上個星期發生的事。

舉辦校慶的那個星期天，曾是白妙東國中三年三班的學生造訪了學校中庭。三年三班正是阿島、秋川和家政科老師加藤杏當年就讀的班級。

十五年前他們就讀白妙東國中時，把放了信的時空膠囊埋進秋星之庭，收件人是長大成人的自己和同學。

由於秋川已經過世，他的信便被朗讀給所有的參加者聽。收件人是十五年後的同學，每個人都收到一句短短的話。當時的班長指名加藤杏老師朗讀秋川的信。

十五年後的大島同學：

十五年之後，我希望能變成和你一起喝酒，不，我希望能變成和你一起走在校園中庭的好朋友。

十五年後的加藤同學：

如果十五年後你還沒結婚，也沒有其他喜歡的人的話，請嫁給我。

讀完之後，加藤老師哭得唏哩嘩啦。躲在大白楊樹陰影下的阿島則是發狂到天搖地動——但事實是怕萬一被有陰陽眼的人看到會有麻煩，所以阿島只是躲在樹蔭下跺腳。

想起心痛的回憶，阿島更加認真詛咒海彥了。

「大笨蛋海彥，你也稍微瞭解一下身為男人的心情。」

「阿島，你不要太過分喔，海彥等一下要跟我去約會了。」

＊

這一天——十一月三日是由香里十四歲的生日。

海彥邀請由香里去二輪戲院——蓋勒馬影戲院，慶祝十四歲的生日。

這間位於後站的古老戲院，據由香里的堂姊小堇說，有世界上最棒的放映師。

小堇和那位放映師的關係介於單戀和兩情相悅之間。

「是嗎？」

由香里和海彥一致認為世界上最棒的放映師——有慟非常重視小堇，為小堇的一舉一動或心動或嫉妒。

「小堇對自己太沒信心了。」

「哈哈哈，說不定喔。」

由香里笑出聲來，試著說出心裡的話。

「那我又是處於什麼情況呢？」

「咦！楠本同學，處於什麼情況？」

「所以，我是單戀還是兩情相悅呢？」

由香里坐在老舊的椅子上，偷瞄海彥的側面。

「呃，我……」

就算是在電影院昏暗的光線下也看得出來海彥的臉瞬間變紅。

他抓了抓紅得跟番茄一樣的臉，咳了幾聲，又扭扭身體之後，下定決心轉向由香里。

「這個，如果你不覺得礙事的話，要不要用？」

海彥的禮物是張著紅色大嘴的綠格子鱷魚抱枕，非常有個性。

（居然帶了這麼大一個抱枕來!?）

若要老實說，其實由香里覺得這抱枕很礙事，但想到這是海彥的禮物，就想抱上一整天。

「謝謝。」

「呃，呃，今天的電影是《吸血鬼德古拉》，你，呃，看過嗎？」

「沒有，但是我問了祖母大人，她說很好看，『真的超嚇人的』。」

「哦，你奶奶這麼說啊，她講話意外地年輕吔。」

「嗯。」

兩人規規矩矩地坐在沒有其他觀眾的影廳正中央，彷彿孤單漂浮在宇宙的黑暗當中，今後只能兩個人一起活下去。

（只有我們兩個。）

由香里靜靜地品嘗這喜悅又帶點寂寞的心情。

老舊到不知道原本是什麼顏色的幕簾終於拉開，螢幕播放起顏色和幕簾差不多老舊的電影，劇情從美女化為吸血鬼開始變得非常有趣。

由香里抱著鱷魚抱枕，兩隻眼睛瞪得跟銅鈴一樣大，直勾勾地看著螢幕。

直到德古拉伯爵逼近第三位美女，耳邊突然傳來熟悉的聲音。

「再見了，辣妹；再見了，小海。」

（咦？）

德古拉伯爵突然出現的場面和其他影像重疊。

白妙東國中的中庭裡，影子如同日晷的大白楊樹旁邊站著由香里熟悉的人，是阿島和秋川都回到十五年前的少年樣。

原本為了加藤杏而水火不容的兩人，你撞我我撞你，打打鬧鬧地一起笑著消失在大白楊樹下。

「白妙東國中的大白楊樹日晷下是死人通往天國的通道。」

由香里的心頭浮現流傳了好幾代的校園傳說。

少年們就像傳說中描述的一樣，邊走邊玩地邁向另外一個世界。

少年消失的影像和吸血鬼電影重疊，清楚浮現在由香里眼前。

（阿島，掰掰，秋川先生，掰掰）

德古拉伯爵與凡赫辛博士對決時——明明不是悲傷的場面，由香里卻不禁流下眼淚。她緊緊抱著鱷魚抱枕，望向隔壁座位，發現海彥不知何時站了起來，用力揮動雙手。

「大島先生，秋川先生，一路順風，一路順風！」

螢幕變得更加明亮，只剩輪廓的兩人彷彿回頭望向海彥。

「喔。」

瞬間畫面又回到吸血鬼電影，螢幕上出現德古拉伯爵露出獠牙的大特寫。大白楊樹日晷和兩位少年的身影都消失得無影無蹤。

（居然只說了聲「喔」。）

阿島真是的，明明還有其他更適合告別的話吧，居然只留下一句「喔」，就消失得一乾二淨。

由香里用手背抹臉，海彥立刻遞上手帕給她。

為什麼一哭，臉就會又痛又癢呢？再說也不會有人在看《吸血鬼德古拉》時哭吧？

「呃，楠本同學。」

海彥在再度陷入黑暗的觀眾席中，扭扭捏捏地坐下。

明明螢幕上還在播放電影，海彥的聲音卻像在下課後的教室一樣清晰。

由香里把手帕還給海彥，看著他問：「什麼事？」

「如果，如果，我是說如果喔，十五年之後你還沒結婚，也沒有喜歡的人，呃，可以嫁給我嗎？」

海彥說出口了。

（沒想到居然是求婚！）

海彥在女生面前會極端緊張，說出口的每句話都會變成「呃」，可是這樣的他居然搶在班上所有男生之前向女生求婚了。

由香里感觸良多也為之感動，但是為了掩飾害羞，忍不住揶揄了海彥：

「你說什麼啦，在學秋川先生嗎？」

說完之後，又慌慌張張地點頭。

「我當然好，只是……」

「只是？只是什麼？」

海彥看著由香里，一副緊張到快昏倒的樣子，這一刻果然是他人生中空前絕後的大告白。

既然如此，由香里如果不認真回覆，就是沒禮貌了。

「嗯，可是不必一定要限制在十五年之後吧？快的話，六、七年之後就可以；如果要等十五年，那等二十年也一樣吧？」

「對，對吔，啊，真的吔。」

海彥扳著手指，把自己的年紀加上十五歲之後，拍了一下手。

螢幕上的吸血鬼電影即將邁入尾聲，由香里重新抱緊鱷魚抱枕。

海彥做出終於發現的表情，向由香里祝福：「楠本同學，呃，生日快樂。」

「嘻嘻。」

由香里笑到皺起小臉，把嘴唇湊到海彥的左臉頰親了一下。

「嗚哇哇哇，嗚哇哇哇哇！」

海彥一路從五分平頭的頭頂紅到耳垂，轉過頭看由香里的表情彷彿是全世界最驚訝的人。

電影院拉上幕簾，亮起的照明如同旭日升起。

*

第二天，海彥回到棒球隊練習。

左手的手套遮住右手，快速舉起雙手，如鞭子般柔韌的右手一甩，丟出沉重快速的球，球像是受到磁鐵吸引似地掉進捕手的手套。

盯著海彥看的女孩們如往常聚集在一起，心頭小鹿亂撞。

由香里放學後悄悄前往球場，狡猾地擺出撲克臉，觀看海彥的練習情況後小聲地嘆了一口氣。

（明明前一陣子，我們總是在一起。）

海彥從星野老師家救出由香里，等到事件完全結束之後，向父親坦承對於棒球的熱愛。

父親雖然完全不瞭解海彥的熱情，至少同意讓他明年也可以繼續打棒球。

因為他看到這幾個月兒子沒打棒球的狀況，反而更不安。

畢竟海彥沒去社團的這段日子，兩次被警方抓去輔導，最後還成為殺人事件的首位發現人。

「再不讓他去打棒球，會惹出更多事情。」海彥的父親做出這樣的結論。

（雖然有點寂寞，不過還是現在這樣好。）

由香里踢了一塊小石頭，踏出步伐。

至於青木先生的奇怪合約也實現了他們當初的願望。

阿島順利前往西方極樂世界之後，海彥回到棒球隊，由香里也受到海彥告白。

一名年輕的媽媽推著娃娃車，迎面從狹窄的步道走過來，由香里退到路邊讓她通過，露出笑容點頭打招呼。娃娃車裡是穿太多的男寶寶，伸出雙手說：「啊。」

「咦？」

儘管頭髮顏色和衣服的感覺不太一樣，但這對母子不正是須藤小姐和龍太嗎？

由香里想到兩人而回頭時，那對母子已經踏著哼唱歌曲節奏的腳步走遠了。她的心頭突然湧上一股喜悅，跟著加快腳步，穿過商店街，走向平常總會經過的魚骨頭小路。

初冬的寒風吹動電線和腳邊的枯葉。由香里重新圍好媽媽織給她的白色圍巾，背部冷到發抖。

由香里的書包裡裝的是從電影社借來的《大法師3》VHS錄影帶，她打算用這部電影好好嚇嚇自己，再來準備期末考。

邊想邊走過手工藝店的轉角，進到熟悉的住商混合大樓。走進狹窄的梯廳，望著「6F　黃昏偵探社」的文字，摁下老舊電梯的按鈕。身穿行政人員制服的女子從三樓搭上電梯，又在五樓走出電梯，電梯門再度緩緩關上。

由香里打開六樓熟悉的門扇一看，不知為何，居然是阿島坐在偵探社裡。

絕對沒有看錯：捲在額頭上的劉海，服貼的側邊頭髮，閃閃發光的西裝搭配漆皮皮鞋，全身上下一絲不苟到簡直近乎刺眼的那個不良青年阿島，居然坐在青木先生的位子，仰背靠在椅子上。

「阿島，你為什麼在這裡？你不是上西天了嗎？難道還有什麼遺憾放不下嗎？」

「白癡，我可是好好走過了天國的出口，又回到人世來。」

由香里伸出手和阿島握手，發現可以握住他的手，而不是像以前一樣直接穿過去，阿島身上也不再散發幽靈才有的那種如冷氣口排出的寒氣。

「回到人世來？那青木先生呢？」

「那傢伙本來就是臨時受命來主持黃昏偵探社，現在回去老本行了。」

「什麼老本行？」

「郵局的儲匯窗口。」

由香里一說沒聽過這麼一回事，阿島便取出一張明信片，拿到她面前。

敝人本次再度受命成爲登天郵局的儲匯部門負責人。

感謝各位在敝人任職黃昏偵探社時，給予敝人諸多照顧……以上當然只是場面話，實際上並沒有受到各位任何照顧。由於破解了十五年來的奇怪事件，敝人因而榮升，雖然很想繼續給予各位相關人士指導，也只能遺憾地回到原本的工作岡位。

二〇一四年十一月三日

青木

「這是什麼鬼東西？青木先生居然自己說自己榮升。那個壞心眼的翹班王能做好郵局窗口的工作嗎？那間郵局還真教人擔心啊。」

「反正你接下來的幾十年都還不用去那間郵局。」

阿島說了由香里聽不懂的話。

由香里從書包裡拿出《大法師3》的錄影帶，摁下錄放影機的開關。

阿島卻從由香里手中搶走遙控器，關上剛剛才打開電源的錄放影機。

「以後不准在黃昏偵探社看恐怖片，我討厭恐怖片。」

「啊？啊？」

由香里的腦海中浮現好幾個巨大的問號，疑問中摻雜責難。

「從今天起我就是這家偵探社的負責人了，你們可以繼續來幫忙。」

阿島拿起放在桌前，寫著「偵探　大島順平」三角柱名牌，裝模作樣地擺起姿勢。

「不好意思，海彥同學已經回到棒球隊，我又不能在這裡看恐怖片，那就沒有來這裡的必要了。」

「你這辣妹真的是比青木那個歐吉桑還無情。」

阿島抱怨的同時，從桌子的抽屜裡拿出文件，一臉賊笑地將文件遞到由香里眼前。

「你們的合約上沒寫名字，上面說沒寫名字沒效，文件就被退回來了。」

「咦？」

由香里接過文件，發現是答應調查阿島時所簽的合約；就是她寫下祕密心願，貼上保護個資貼紙後提出的那份合約。

「真的假的？」

由香里翻閱合約，發現名字那一欄真的是空白的，驚訝地說不出話來。

「可是寫在合約裡的願望已經實現了，無論是我的還是海彥的都已經實現了。」

「怎麼可能？你看。」

阿島的手指用力敲打合約封面，上面蓋著「無效」的橡皮章，顏色鮮豔得很暴力。

既然如此，海彥為什麼會向由香里告白呢？又為什麼會回到棒球隊呢？

「願望是偶然實現的吧？或是……」

「是什麼？」

「靠自己的力量？」

「自己的力量？」

海彥之所以回到棒球隊，由香里之所以和海彥交往，都不是因為另一個世界的力量？夢想和戀愛都是靠自己的力量實現的嗎？

「居然也有這麼一回事。」

由香里滿心感慨，看著阿島用西裝的袖子珍惜地擦拭寫了自己名字的三角柱名牌。

也許是在黃昏偵探社工作的這段期間，運氣變好了也說不定。

合約雖然失效，然而托阿島的福，由香里和海彥的願望都實現了，一如合約上所約定的。但是如果說出來，阿島可能會更得意，由香里只好裝傻。

就在這個時候……

咚咚，

咚咚，

有人敲了入口的門扉，聲音小到幾乎要聽不見。

「呃，我想我大概已經死了，可以幫我找我的身體嗎？」

聲音如同歎息般無精打采。

阿島以歌唱般的聲調說：「上門了，有客人上門了」，邊起身迎接客人。

由香里則拿出客用的咖啡杯，沖泡加滿砂糖和奶精的咖啡。

後記

我新年時夢到和編輯討論新書的內容。

我夢到自己坐在一間飄散著昭和風情的懷舊咖啡廳裡，和責任編輯鍛治先生討論下一本作品。

我問鍛治先生：「我想到幻想偵探社這個題材，會不會太普通？」

鍛治先生回答：「是有點普通。」，接著我喃喃自語道：「啊，這個題材不行啊」時，就醒過來了。

之後我在現實中，向鍛治先生提出一樣的問題，反應卻完全相反：「哦，不錯啊。」

於是我從二〇一三年的十月四日到二〇一四年的六月六日為止，在我居住的地方所發行的報紙《東奧晚報》上連載了九個月的〈幻想偵探社〉。果然不能小看新年時做的夢（譯注：日本人相信一月一日到一月三日之間做的夢可以占卜接下來一年的運勢）。

從在報紙上連載到彙整成文庫本出版，受到講談社和東奧日報社的多位相關人員的關照。每次連載時，插畫家金澤真理子小姐都會為我畫出非常棒的插畫，實在是感激不盡。二〇一四年底，金澤小姐在東京銀座的畫廊舉辦個展時，《幻想偵探社》的插畫也一併展出，真讓我感到無限欣喜。

《幻想偵探社》是「幻想系列」的第四冊。

幻想系列的第一部作品《幻想郵局》是連結陰間與陽間的郵局，書中出現實際上不可能存在的美麗庭園；第二部作品《幻想電影院》出現了內容是人生走馬燈的電影。本書則稍微採用了兩本書的內容，描寫兩位國中生主角的煩惱、坦率和小小的狡詐，讓我覺得好像回到了十四歲，充滿懷念之情。

幻想系列每一部作品的主角都不一樣，曾出現過的角色有時會再度登場，或許登場次數多卻不一定占很長的版面，身為作者，我寫的時候非常隨心所欲，十分開心。這系列的趣味之一便是不論從哪一本讀起都可以，從《幻想偵探社》開始接觸的讀者，如果喜歡這本書的話，不妨也嘗試看看同系列的其他作品。

小說的樂趣是徜游於非日常的世界，尤其是閱讀奇幻小說，可以沉浸在擺脫現實的喜悅之中。我甚至希望彷彿可能卻又不存在的「幻想世界」能脫離系列的束縛，自由地存在。

我現在也以相同的心情在摸索下一部作品，深切期盼有一天還能與各位相見。

二〇一五年七月
堀川麻子

娛樂系　018

幻想偵探社

作者　堀川麻子
譯者　陳令嫻
責任編輯　王淑儀
美術設計　POULENC
書衣插畫　tamaki
書衣裡插畫　chocolate
內文排版　高嫻霖
總經理　戴偉傑
出版顧問　陳蕙慧
發行人　林依俐
出版　青空文化有限公司
106台北市大安區仁愛路四段107號7樓
讀者服務信箱：service@sky-highpress.com
總經銷　大和書報圖書股份有限公司
電話　02-8990-2588
印刷　前進彩藝有限公司
出版日期　2016年9月　初版一刷
定價　250元
ISBN　978-986-93303-4-3

國家圖書館出版品預行編目(CIP)資料

幻想偵探社 / 堀川麻子著 ; 陳令嫻譯 . -- 初版 .
-- 臺北市 : 青空文化, 2016.09
352 面 ;　10.5 x 14.8 公分 . -- (娛樂系 ; 18)

ISBN 978-986-93303-4-3(平裝)
861.57　　105016019